U0583361

文库

丛书主编 郑毅

戊午客吉林诗
鸡林杂咏

清·刘汝骥

清·黄兆枚 撰

清·李宏光 注

吉林文史出版社

图书在版编目（CIP）数据

戊午客吉林诗/（清）刘汝骥撰；（清）李宏光注.
鸡林杂咏/（清）黄兆枚撰；（清）李宏光注. — 长春：
吉林文史出版社，2021.1
（长白文库）
ISBN 978-7-5472-7586-3

Ⅰ.①戊…②鸡… Ⅱ.①刘…②黄…③李… Ⅲ.
①古典诗歌－诗集－中国－清代 Ⅳ.①I222.749

中国版本图书馆CIP数据核字(2020)第253055号

戊午客吉林诗
WUWUKE JILIN SHI

鸡林杂咏
JILIN ZAYONG

撰　者：（清）刘汝骥　　撰　者：（清）黄兆枚
注：（清）李宏光　　　注：（清）李宏光

出 品 人：张　强
丛书主编：郑　毅
责任编辑：程　明　高丹丹
装帧设计：尤　蕾
出版发行：吉林文史出版社有限责任公司
电　　话：0431—81629369
地　　址：长春市福祉大路出版集团A座
邮　　编：130117
网　　址：www.jlws.com.cn
印　　刷：吉林省优视印务有限公司
开　　本：170mm×240mm　1/16
印　　张：7.25
字　　数：60千字
版　　次：2021年1月第1版　2021年1月第1次印刷
书　　号：ISBN 978-7-5472-7586-3
定　　价：68.00元

《长白文库》编委会

（排名不分先后）

主编：郑　毅　北华大学东亚历史与文献研究中心

顾问：刁书仁　东北师范大学历史文化学院
　　　马大正　中国社会科学院中国边疆研究所
　　　王禹浪　大连大学中国东北史研究中心
　　　汤重南　中国社会科学院世界历史研究所
　　　宋成有　北京大学历史学系
　　　陈谦平　南京大学历史系
　　　杨栋梁　南开大学历史学院
　　　林　沄　吉林大学考古学院
　　　徐　潜　吉林出版集团
　　　张福有　吉林省文史研究馆
　　　蒋力华　吉林省文史研究馆

编委：王中忱　清华大学中国语言文学系
　　　任玉珊　北华大学
　　　刘信君　吉林大学马克思主义学院
　　　刘　钊　复旦大学出土文献与古文字研究中心
　　　刘岳兵　南开大学日本研究院
　　　刘建辉　（日）国际日本文化研究中心
　　　李大龙　中国历史研究院中国边疆研究所
　　　李无未　厦门大学文学院
　　　李德山　东北师范大学古籍研究所
　　　李宗勋　延边大学历史系
　　　杨共乐　北京师范大学历史学院
　　　张福贵　吉林大学文学院
　　　张　强　吉林文史出版社
　　　韩东育　东北师范大学
　　　佟铁材　北华大学
　　　黑　龙　大连民族大学东北少数民族研究院

《长白文库》总序

  中华优秀传统文化是中华民族的"根"和"魂"，习近平总书记高度重视中华优秀传统文化，并将其作为治国理政的重要思想文化资源。"不忘本来才能开辟未来，善于继承才能更好创新。""优秀传统文化是一个国家、一个民族传承和发展的根本，如果丢掉了，就割断了精神命脉。"中华优秀传统文化具有多样性和地域性等特征，东北地域文化是多元一体的中华文化中的重要组成部分。吉林省地处东北地区中部，是中华民族世代生存融合的重要地区，素有"白山松水"之美誉，肃慎、扶余、东胡、高句丽、契丹、女真、汉族、满族、蒙古族等诸多族群自古繁衍生息于此，创造出多种极具地域特征的绚烂多姿的地方文化。为了"弘扬地方文化，开发乡邦文献"，自20世纪80年代起，原吉林师范学院李澍田先生积极响应陈云同志倡导古籍整理的号召，应东北地区方志编修之急，服务于东北地方史研究的热潮，遍访国内百余家图书馆寻书求籍，审慎筛选具有代表性的著述文典300余种，编撰校订出版以《长白丛书》（以下简称《丛书》）为名的大型东北地方文献丛书，迄今已近40载。历经李澍田先生、刁书仁和郑毅两位教授三任丛书主编，数十位古籍所前辈和同人青灯黄卷、兀兀穷年，诸多省内外专家学者的鼎力支持，《丛书》迄今已共计整理出版了110部5000余万字。《丛书》以"长白"为名，"在清代中叶以来，吉林省疆域迭有变迁，而长白山钟灵毓秀，蔚然耸立，为吉林名山，从历史上看，不咸山于《山海经·大荒北经》中也有明确记录，把长白山当作吉林的象征，这是合情合理的。"（《长白丛书》初版陈连庆先生序）

  1983年吉林师范学院古籍研究所（室）成立，作为吉林省古籍整理与研究协作组常设机构和丛书的编务机构，李澍田先生出任所长。全国高校古籍整理工作委员会、吉林省教委和省财政厅都给予了该项目一定的支持。李澍田先生是《丛书》的创始人，他的学术生涯就是《丛书》

的创业史。《丛书》能够在国内外学界有如此大的影响力，与李澍田先生的敬业精神和艰辛努力是分不开的。《丛书》创办之始，李澍田先生"邀集吉、长各地的中青年同志，乃至吉林的一些老同志，群策群力，分工合作"（初版陈序），寻访底本，夙兴夜寐逐字校勘，联络印刷单位、寻找合作方，因经常有生僻古字，先生不得不亲自到车间与排版工人拼字铸模；吉林文史出版社于永玉先生作为《丛书》的第一任责编，殚精竭虑地付出了很多努力，为《丛书》的完成出版做出了突出贡献；原古籍所衣兴国等诸位前辈同人在辅助李澍田先生编印《丛书》的过程中，一道解决了遇到的诸多问题、排除了诸多困难，是《丛书》草创时期的重要参与者。《丛书》自 20 世纪 80 年代出版发行以来，经历了铅字排版印刷、激光照排印刷、数字化出版等多个时期，《丛书》本身也称得上是改革开放以来中国印刷史的见证。由于《丛书》不同卷册在出版发行的不同历史时期，投入的人力、财力受当时的条件所限，每一种图书的质量都不同程度留有遗憾，且印数多则千册、少则数百册，历经数十年的流布与交换，有些图书可谓一册难求。

1994 年，李澍田先生年逾花甲，功成身退，由刁书仁教授继任《丛书》主编。刁书仁教授"萧规曹随"，延续了《丛书》的出版生命，在经费拮据、古籍整理热潮消退、社会关注度降低的情况下，多方呼吁，破解困局，使得《丛书》得以继续出版，文化品牌得以保存，其功不可没。1999 年原吉林师范学院、吉林医学院、吉林林学院和吉林电气化高等专科学校合并组建为北华大学，首任校长于庚蒲教授力主保留古籍所作为北华大学处级建制科研单位，使得《丛书》的学术研究成果得以延续保存。依托北华大学古籍所发展形成的专门史学科被学校确定为四个重点建设学科之一，在东北边疆史地研究、东北民族史研究方面形成了北华大学的特色与优势。

2002 年，刁书仁教授调至扬州大学工作，笔者当时正担任北华大学图书馆馆长，在北华大学的委托和古籍所同人的希冀下，本人兼任古籍所所长、《丛书》主编。在北华大学的鼎力支持下，为了适应新时期形势的发展，出于拓展古籍研究所研究领域、繁荣学术文化、有利于学术交流以及人才培养工作的实际需要，原古籍研究所改建为东亚历史与文献研究中心，在保持原古籍整理与研究的学术专长的同时，中心将学术研究的视野和交流渠道拓展至东亚地域范围。同时，为努力保持《丛书》

的出版规模，我们以出文献精品、重学术研究成果为工作方针，确保《丛书》学术研究成果的传承与延续。

在全方位、深层次挖掘和研究的基础上，整套《丛书》整理与研究成果斐然。《丛书》分为文献整理与东亚文化研究两大系列，内容包括史料、方志、档案、人物、诗词、满学、农学、边疆、民俗、金石、地理、专题论集 12 个子系列。《丛书》问世后得到学术界和出版界的好评，《丛书》初集中的《吉林通志》于 1987 年荣获全国古籍出版奖，三集中的《东三省政略》于 1992 年获国家新闻出版总署全国古籍整理图书奖，是当年全国地方文献中唯一获奖的图书。同年，在吉林省第二届社会科学成果评奖中，全套丛书获优秀成果二等奖，并被国家新闻出版总署列为"八五"计划重点图书。1995 年《中国东北通史》获吉林省第三届社会科学优秀成果二等奖。2005 年，《同文汇考中朝史料》获北方十五省（市、区）哲学社会科学优秀图书奖。

《丛书》的出版在社会各界引起很大反响，与当时广东出现的以岭南文献为主的《岭南丛书》并称国内两大地方文献丛书，有"北有长白，南有岭南"之誉。吉林大学金景芳教授认为"编辑《长白丛书》的贡献很大，从《辽海丛书》到《长白丛书》都证明东北并非没有文化"。著名明史学者、东北师范大学李洵教授认为："《长白丛书》把现在已经很难得的东西整理出来，说明东北文化有很高的水准，所以丛书的意义不只在于出了几本书，更在于开发了东北的文化，这是很有意义的，现在不能再说东北没有文化了。"美国学者杜赞奇认为"以往有关东北方面的材料，利用日文资料很多。而现在中文的《长白丛书》则很有利于提高中国东北史的研究"（《长白丛书》出版十周年纪念会上的发言）。中国社会科学院边疆史地研究中心主任厉声研究员认为："《长白丛书》已经成为一个品牌，与西北研究同列全国之首。"（1999 年 12 月在《长白丛书》工作规划会议上的发言）目前，《长白丛书》已被收藏于日本、俄罗斯、美国、德国、英国、加拿大、澳大利亚、韩国及东南亚各国多所学府和研究机构，并深受海内外史学研究者的关注。

为了更好地传承和弘扬优秀地域文化，再现《丛书》在"面向吉林，服务桑梓"方面的传统与特色，2010 年前后，我与时任吉林文史出版社社长的徐潜先生就曾多次动议启动出版《长白丛书精品集》，并做了相应的前期准备工作，后因出版资助经费落实有困难而一再拖延。2020 年，以十年前的动议与前期工作为基础，在吉林省省级文化发展专项资金的资助下，北华大学东亚历史与文献研究中心与吉林文史出版社共同议定以《长白丛书》为文献基础，从《丛书》已出版的图书中优选数十种具有代表性的文献图书和研究著述合编为《长白文库》加以出版。

《长白文库》是在新的历史发展时期对《长白丛书》的一种文化传承和创新，《长白丛书》仍将以推出地方文化精华和学术研究精品为目标，延续东北地域文化的文脉。

《长白文库》以《长白丛书》刊印 40 年来广受社会各界关注的地方文化图书为入选标准，第一期选择约 30 部反映吉林地域传统文化精华的图书，充分展现白山松水孕育的地域传统文化之风貌，为当代传统文化传承提供丰厚的文化滋养，是一件功在当代、利在千秋的文化盛举。

盛世兴文，文以载道。保存和延续优秀传统文化的文脉，是人文社会科学研究者的社会责任和学术使命，《长白丛书》在创立之时，就得到省内外多所高校诸多学界前辈的关注和提携，"开发乡邦文献，弘扬地方文化"成为 20 世纪 80 年代一批志同道合的老一辈学者的共同奋斗目标，没有他们当初的默默耕耘和艰辛努力，就没有今天《长白丛书》这样一个存续 40 年的地方文化品牌的荣耀。"独行快，众行远"，这次在组建《长白文库》编委会的过程中，受邀的各位学者都表达了对这项工作的肯定和支持，慨然应允出任编委会委员，并对《长白文库》的编辑工作提出了诸多真知灼见，这是学界同道对《丛书》多年情感的流露，也是对即将问世的《长白文库》的期许。

感谢原吉林师范学院、现北华大学 40 年来对《丛书》的投入与支持，感谢吉林文史出版社历届领导的精诚合作，感谢学界同人对《丛书》的关心与帮助！

郑　毅

谨序于北华大学东亚历史与文献研究中心

2020 年 7 月 1 日

目　录

戊午客吉林诗

鸡林杂咏

前　言

《戊午客吉林诗》，是刘汝骥先生于一九一八年作客吉林时留下的一组珍贵的写实小诗。刘汝骥，字仲良，静海（今天津静海）人，是一位文史兼通而又敢于直言的史官。当时的吉林督军孟恩远，对他的人品和学识颇为赏识，引为知己，待为上宾；刘汝骥也就成为督军府中能同督军分庭抗礼平身论交的一位特殊人物——揖客。

《戊午客吉林诗》，又名《吉林杂咏》。全诗三十首，各首均为十行的五言近体长律。诗名"杂咏"，其实不杂，每首小诗都是紧紧围绕着下情上达、讽喻为政者、治民先治吏的主旨精心构思而成。既反映了现实中的诸多矛盾，又暴露了为政者的诸多弊端。

吉林自古以来被誉为龙兴之地、帝王之乡。"此邦古丰沛，佳气尚郁葱"（其一）。然而，由于为政者治理无方，致使真山真水之吉林，"有水无澜悍，有山无林童"（其一），已失去天然的魅力，受到了严重的破坏。"牧羊察肥瘠，此与为政通"（其一），诗人直言不讳地道出了症结之所在。在诗人眼里，好的为政者也不乏其人，近有"滇南朱经帅""天津孟树帅"；远有东汉时期的岑彭、寇恂、林宗等人。诗人多么期望主宰吉林大地的为政者也能够像他们那样："百里半九十，春秋贤者责。"（其二）殷切的讽喻之情溢于言表。吉林山美水美，其春夏秋冬四时更美。然而，由于为政者疏于治理，四时的吉林也随之黯然失辉；春季的松花江则是"泥沙挟俱来，夷惠难下咽"（其三）；夏季的吉林市区则是"盛夏苦积潦，比户浸浮沤"（其四）；秋季的山乡则是"匪骑飘忽来，落叶呼号扫"（其五）；而在冬季里求生的百姓，就唯有仰赖天助了："彼苍最仁慈，阳春生丘壑。乌拉草似绵，用较参茸博。人从冰上行，天与不龟药。"（其六）如果为政者对于松花江泥沙限于条件无法治理，尚可谅解；那么对于城市污淖和山乡匪患何以不能治理？"入境未问俗，便知政废修"（其四），诗人直言不讳地道出了症结所在。面对此情此景，诗人不禁怀念起春秋时期的子产和管仲来："子产荫桃李，夷吾利陂沟"（其四），期望当今之为政者也能够像子产和管仲那样，为百姓排难解忧，多做些好事。"寄语条狼氏（古指主持市政管理的官员），当为未雨谋"（其四），讽喻之情殷切可掬。

吉林名胜更令人流连忘返。如"纵无鸾凤下，犹有猿鹤缘"（其七）的北山，"冠冕拟王者，仿佛三郎面"（其八）的喜神殿，"女桑已成行，红药犹未槁"（其九）的江南农场；"唏嘘劫火后，神树半枯存"（其十）的龙潭山等。这些名胜之地虽然各有佳处，但在诗人笔下皆褒贬不一，寓讽喻于其中。对江南农场倍加肯定："过江访农场，大似江南好"（其九）；对农场创办人朱经帅也啧啧称颂："念兹莘路人，颇思紫阳老。"（其九）诗人的用意不言自明，希望现实中的为政者能以朱经帅为榜样，为建设吉林多做些有益事，让人们永远怀念着他们。诗人对吉林名胜之地既有褒也有贬，褒中寓讽，贬中也寓讽。对喜神殿，诗人则大加抨击，指出"仿佛三郎面"的喜神不是别人，而是宠妃误国的唐明皇。"生贻马嵬羞，殁享梨园宴。一曲雨霖铃，亡国音哀恋。山灵倘有知，恐遭移文谴"（其八）。诗人对唐明皇的抨击并非游戏之笔，此谓贬中寓讽，讽喻现实中的为政者应以唐明皇为鉴戒，否则也将要受到"移文"之谴责，成为历史的罪人。一褒一贬，讽喻之情格外鲜明。

《戊午客吉林诗》从第十一首开始，在内容上由对吉林山水、四时、名胜之地等自然景观的描写，进而转入了对吉林现状、官府、宗教、文化、经济、赌博、贪官、好官、盗贼、妓女等社会景观的描述。在前十首诗中，诗人并非单纯地抒写自然景观，而是紧紧地围绕着下情上达、讽喻为政者、治民先治吏的主要意图而进行描述的。有褒有贬，褒贬寓讽，表明了诗人鲜明的政治观点。中间十首，也并非单纯描述社会状况，而是进一步围绕着全诗主旨而构思创作的。一首首小诗，恰如一把把匕首，掷向为政者，触到了社会的痛处。名为讽喻，实是暴露；表现了诗人——史官忠于历史、刚正不阿的精神。一九一八年的中国，正处于五四运动前夕，反帝爱国运动在全国各地此伏彼起地发展着。但在吉林大地上仍是一派"承平"景象："中原尚鼎沸，边塞无风烟。"（其十一）不仅如此，在"市廛"往来的日常生活中，又能同日侨共处得雍容和恰："鹬蚌两无忌，雀燕得平权。"（其十一）这岂不是咄咄怪事！其实，对于这种"承平"景象的出现，诗人在诗中早已有了结论：是现实中的当政者对外卖国投降，对内实行高压政策的结果。"此邦真古处，疑是怀葛年"（其十一）。此句中的一个"真"字，接着又一个"疑"字，就充分说明了这种"无风烟"的"承平"景象，是真正值得怀疑的！这也预示着在平静的吉林大地上，正孕育着一场空前的动荡和风暴。

　　吉林官府，自上而下，官吏们说假话的多，办实事的少，"嘘气成楼台，闪烁苏张舌"（其十二）。在他们之间，又都是沆瀣一气勾结在一起，扰民害民，无恶不作，"沃土民思淫，篝灯妖作孽"（其十二）。这些官吏所干的种种不法之事进行得极为隐蔽，不留蛛丝马迹，"内幕窃重重，未易一二揭"（其十二）。诗人洞烛其奸，把这些官吏们称为"社鼠"，"关岳道参天，凭依乃社鼠"（其十三）。这些"社鼠"，除了凭依官府势力庇护外，又借助了宗教和孔孟之道作掩护，粉饰自己，愚弄群众，致使人们很难识别他们的庐山真面目。所以，诗人大声疾呼："仙境本虚无，蓬莱渺何处？咄咄悯世船，此船应一炬。"（其十三）告诫人们千万不要上当。"文献俱无征，瓯脱自今古。诗书陶熔之，一变至邹鲁"（其十四），又告诫人们千万不要受骗。诗人的告诫，对识别"社鼠"的嘴脸大有帮助，同时又教育了群众。其讽喻之旨，不言而喻。

吉林的经济，由于外资的侵入和垄断，半封建半殖民地的经济早已取代了自给自足的小农经济。买空卖空的投机商人也乘势活跃起来，"朝充猗顿富，夕作黔娄穷"（其十五），冒险钻营，害国害民。外国的各种信托行也趁机扯起招牌，"黠者乘隙入，毒螫甚桃虫。杂居约未定，信托入牢笼"（其十五），把重利盘剥的圈套，套在了百姓的脖子上，并勒得紧紧的。"吁嗟债国氓，焚券亡是公"（其十五），帝国主义是不管中国人民死活的。

随着半封建半殖民地畸形经济的发展，在吉林这块真山真水的土地上，又繁滋出各种丑类，并蔓延成灾，一是赌徒众多，"我闻五站衢，呼雉声喑咋"（其十六）；二是盗贼多，"狐鼠啸聚来，萑苻起大泽"（其十六）；三是嫖娼者多，"缠头不计钱，骑鹤犹羞缩"（其十九）；四是吸毒者多，"靰鞡腰万贯，芙蓉乳千钟"（其二十六）；五是淫乐者多，"举世喜淫哇，谁识歌者苦"（其二十）。这些丑类的滋繁和蔓延，就把一个风景秀丽的江城弄得乌烟瘴气，目不忍睹。对这些丑恶观象该如何治理？诗人早已成竹在胸，关键在于为政者必须懂得"治民先治吏"的道理，吏不治，何以治民？"其身正，不令而行；其身不正，虽令不从"。当然，由于历史的局限，诗人还不能认识到这是个社会制度的问题。在封建制度的社会里，清吏制仅仅是一种不可能实现的政治理想而已。不过，"治民先治吏"的主张应首先予以肯定。古之为政者亦有赖此而取得明显政绩并传为佳话的，齐威王烹阿令而齐国大治就是一例。诗人讽喻吉林为政者"治民先治吏"也是有针对性的，并非无的放矢，生搬历史典故。试看吉林官府中一些官吏的所为吧！"颇闻主计者，胡椒成陵阜"（其十七），主管财政的官吏就是个大贪污犯；"一食日万钱，贵人未餍口"（其十七），有些官吏腐化得令人吃惊；"但计囊盈虚，安问谷贵贱"（其十八），就是所谓的"好官"，也都一个个爱钱如命。试问为政者，如此之官吏，贪污的贪污，腐化的腐化，得钱的得钱，又怎能指望他们去禁赌，去捕盗，去查娼，去禁烟，去清吏呢？诗人的讽喻，可谓用心良苦，值得为政者深思之熟虑之。

《戊午客吉林诗》从第二十一首开始，在内容上仍是紧紧地围绕着本诗的主要意图进行构思的，直到最后一首，即第三十首。这后十首里，诗人语重情长把吉林当作他的第二故乡，为使伤痕累累的吉林尽快得到医治，贡献了许多珍贵的"良方"。

凡是诗人所讽喻的各种事情，大都是经过调查研究的，确属第一手资料。诗人在调查研究中，不仅走访过深山中的猎人草棚，也走访过沿江居住的渔民茅屋；不仅去过农人的田家，也到过砍柴人的山房。这些贫苦百姓向诗人诉说很多心里的苦衷："猎者告予言：'林骇鸟兽走。'一狐值千金，得之可暴富。"（其二十一）说明了深山中的珍禽异兽，由于滥捕滥杀，早已逃光。"渔者告予言：'网密泽已竭。'合浦珠不还，深渊獭播越。"（其二十二）说明江河里的各类鱼虾，因滥捕滥捞，也早已绝迹。"耕者告予言：'伤哉石田耦。'丰年足穄芦，淡食无葱韭。"（其二十三）说明了农民的生活，由于"县令令如毛"（其二十三），丰年仅能活命，灾年只有卖儿鬻女，走死逃生了。"樵者告予言：'乔柯非昔好。'五蠹自内生，三虱终茅燥。"（其二十四）说明了森林中的栋梁之材，由于滥砍滥伐，早已不再有了，剩下的仅是些烧火柴而已。这些来自猎渔耕樵的第一手资料，不仅较全面地反映了下层人民的疾苦；下情上达，也为为政者治理吉林提供了翔实的资料。诗人的这种为寻求医治吉林创伤而走访民间不辞劳苦的赤诚，确实令人敬佩。在中国的诗坛上，这样的诗人除白居易以外，是不多见的。

如何治理吉林呢？由于诗人出身于史官，通古博今，纵观历代王朝兴邦治国经验，结合现实考察的实际，提出四大良策。其一是节兵："我思老子言，战胜用丧礼。"（其二十五）老子在《道德经》中说："夫佳兵者，不祥之器，物或恶之，故有道者不处。君子居则贵左，用兵则贵右。兵者，不祥之器。非君子之器，不得已而用之，恬淡为上，胜而不美。而美之者，是乐杀人。夫乐杀人者，则不可以得志于天下矣。吉事尚左，凶事尚右。偏将军居左，上将军居右，言以丧礼处之。杀人之众，以哀悲莅之。战胜，以丧礼处之。"老子的非战思想，体现了人民的意愿。民国以来，由于连年的军阀混战，老百姓早已苦不堪言。"累累白骨枯，功罪岂足抵"（其二十五）。所以，要想人民得到生息，物力得到恢复，就必须节兵。其二是禁毒："我思周任言，去草芟薀崇。"（其二十六）周任是周朝的大夫，他曾说过："为国家者，见恶如农夫之务去草焉，芟夷薀崇之，绝其本根，勿使能殖，则盖者任矣。"民国以来，在吉林境内，不仅吸食鸦片的人日渐增多，就是种植罂粟的人也屡增不减。贩卖鸦片之"黠者"乘机大发其财，腰缠万贯。"嘉禾未蕃殖，妖卉复蒙茸。黠者窃窃语，今岁收获丰。靯鞈腰万贯，芙蓉乳千钟"（其二十六）。要使国家富强，民族复兴，就必须彻底根除毒患，采取强而有力的措施，"去草芟薀崇"。其三是诘盗："我思武仲言，治鲁先诘盗。"（其二十七）武仲是春秋时期鲁国大夫臧孙纥，武仲所诘之盗，并非撬门别锁之毛贼，亦非飘忽来去之匪骑，而是凭依庙堂之中的"社鼠"。《晏子》载："齐景公问于晏子曰：'治国何患？'晏子对曰：'患夫社鼠。'公曰：'何谓也？'对曰：'夫社，束木而涂之，鼠因往托焉。熏之则恐烧其木，灌之则恐败其涂，此鼠之不可得杀者，以社故也。夫国亦有焉，人主左右是也。内则蔽善恶于君上，外则卖权重于百姓。不诛之则为乱，诛之则为人主所案据，腹而有之，此亦国之社鼠也。'"诗人认为："此害不剪除，新政皆虚耗。牧马去害群，用人慎炀灶。"（其二十七）其四是治吏："我思韩非言，治民先治吏。"（其二十八）吏在中国的政治中有着极其特殊的地位，小至酷吏、循吏、污吏、滑吏等，大至权重一方的封疆大吏，多是蒙上欺下，弄权中饱的角色。《韩非子·外储说》中的西门豹为邺令的故事，生动地描写了一群猾吏欺君害民，弄权中饱，连贤如西门豹者也奈何他们不得，只好"纳玺"而去。如何治吏，诗人认为："模正形自端，陶者慎所埴。纲玺邺令贤，烹阿齐国治。"（其二十八）即为政者要以身作则，赏罚分明。

《戊午客吉林诗》的最后一首是："闻说鸡林贾，喜购香山诗。香山今不作，乐府久陵夷。空谷抒歌啸，时寓民莫思。见似人而喜，义本颂与规。幸勿草莽罪，古有讽诵师。"

这最后的一首小诗，可谓点题之笔，既交代了诗人撰集小诗的主要意图，也流露了诗人对白居易的仰慕之情。白居易是唐代的大诗人。他的诗歌主张"补察时政""泄导人情""唯歌生民病""文章合为时而著，歌诗合为事而作"，把诗歌和政治以及生民疾苦密切结合起来，对后世诗人有着深远的影响。刘仲良的《戊午客吉林诗》则充分地实践了白居易的诗歌主张，雷飞鹏在《戊午客吉林诗·序言》中写道："刘仲良先生《戊午客吉林诗》殆深于讽喻者也。唐衢见白乐天诗而泣，窃于先生诗亦欲泣矣！"这并非饰辞。"空谷抒歌啸，时寓民莫思"，替人民说了不少公道话，恐怕也得罪了吉林督军孟恩远吧？"幸勿草莽罪，古有讽诵师"，历代能从谏如流的为政者又有几人？

《戊午客吉林诗》在艺术上很有特色，不能不提及。一是律仗和缓。诗人的三十首组诗，其各首小诗均属于十行的五言近体长律。从构律上看，是五律的延长，故对称作排律。排律的对仗，一般用于中间各联，尾联不对仗。《戊午客吉林诗》在对仗上较为和缓，特别注重语意的表达。有的对仗，两句之间相互补充，使诗意表达得更加完美无缺，诸如："观澜知川媚，入林识岁丰""拥肿树四五，颇似草圣颠""一曲雨霖铃，亡国音哀恋"等等。有的对仗，两句之间形成鲜明对比，从正反两个方面来铺叙内容，诸如："朝充猗顿富，夕作黔娄穷""生贻马嵬羞，殁享梨园宴""落拓子胥箫，激昂祢衡鼓"等等。二是用典雅趣。本诗用典不仅数量多（约数十处），所用之典又极富雅趣，耐人寻味，有如含泪之苦笑。如对赌博者，一般称呼赌徒、赌棍、赌鬼之类，而诗人却称之以"盘龙癖"，十分雅趣。史载："晋刘毅，性骄侈，好樗蒲。尝在东府一掷百万。毅小字盘龙。"世因之称赌博为盘龙之癖。又如对贪污者，也有各类称呼，而诗人不直接挑明，却以"胡椒成陵阜"一语轻轻带过，雅趣自然。史载："元载受贿，后事败，有司籍其家，钟乳五百两，胡椒八百斛。"古以十斗为一斛，八百斛胡椒堆放起来，足以成"陵阜"了。当然，如此用典固然有雅奥一面，但同时也使诗文艰涩难读，这也与诗人喜好搬书弄典的学究气分不开。其三是篇末点题。白居易的《秦中吟》，在表现手法上最重要的特色就是篇末点题。如《轻肥》的"是岁江南旱，衢州人食人"。《买花》的"一丛深色花，十户中人赋"，等等。"篇末点题"也是《戊午客吉林诗》的一个极为重要的艺术特色，从第一首开始，直到最后一首，几乎每首都是"篇末点题"。其用意很明显，就是通篇立足于"讽喻"。

《戊午客吉林诗》是吉林近代文苑中难得的佳作，也是了解昔日吉林的珍贵史料，其文献价值亦不应低估。

本集原为木刻（1918 年）本，今经李宏光整理，蒙夏润生、李国芳、李澍田诸先生审正，谨致谢忱！

编　者　1990 年 11 月

序

前史官刘仲良先生，为孟曙村将军揖客[1]，以戊午春至吉林[2]。飞鹏因王君酌笙，得相与，心论莫逆。明年春，飞鹏自外邑以事谒省，从长官栾公睡石坐上见[3]，谓有近诗若干首抄示。返德惠之三日，栾公寄其抄本来，属为弁言。发而读之，题曰《戊午客吉林诗》，凡为五言三十首。初读，内容若甚和易。深思之，其神乃甚伤。昔白乐天结绶畿甸时[4]，著诗歌数十百篇，皆意存讽赋，箴时之病，补改之缺，以为是或一道也。故其晚年与元微之书自辨诗指云[5]，凡关于美刺兴比者[6]，因事立题，谓之讽谕（同"喻"）诗；凡以吟玩性情者，谓之闲适诗。或牵于情事，形于叹咏者，谓之感伤诗。其他五七言，长短绝句，通谓之杂律诗。古今作者，大率莫能外。是太史公曰：诗三百篇，大抵圣贤发愤之所为也[7]。雷飞鹏曰：刘仲良先生《戊午客吉林诗》，殆深于讽喻者也。唐衢见白乐天诗而泣[8]，窃于先生诗亦欲泣矣。

己未孟春[9]，雷飞鹏拜言于古黄龙府北偏[10]

[1] 孟曙村：即孟恩远，字曙村，又作树村、树春。天津人。1914 至 1919 年任吉林督军。揖客：平揖不拜之客。《史记·汲郑列传》："大将军（卫）青既益尊，姊为皇后，然黯与抗礼。人或说黯曰：'自天子欲群臣下大将军，大将军尊重益贵，君不可以不拜。'黯曰：'夫以大将军有揖客，反不重耶？'大将军闻，愈贤黯。"

[2] 戊午：1918 年，中华民国七年。

[3] 栾公睡石：即栾骏声，号睡石，辽宁海城人，清进士。1912 年至 1920 年任吉林高等法院厅长。坐通"座"。

[4] 白乐天：白居易，字乐天，唐代大诗人。贞元十六年（800）进士，入仕，元和三年（808）为左拾遗，元和十年（815）被贬江州，离开京城。结绶：犹言结印绶，指入仕做官。畿甸（jī—）：指京城。

[5] 与元微之书：即白居易于唐宪宗元和十年（815）写给元稹（字微之）的信，主张"文章合为时而著，歌诗合为事而作"。

[6] 美刺：即称美善与讽恶。兴比：《诗·周南·关雎》集传："兴者，先言他物以引起所咏之词也。"《诗·周南·螽斯》集传："比者，以彼物比此物也。"

[7] "大抵"句：《史记·太史公自序》："昔西伯拘羑里，演《周易》；

孔子厄陈、蔡，作《春秋》；屈原放逐，著《离骚》；左丘失明，厥有《国语》；孙子膑脚，而论兵法；不韦迁蜀，世传《吕览》；韩非囚秦，《说难》《孤愤》；《诗》三百篇，大抵贤圣发愤之所为作也。"

［8］"唐衢"句：白居易《与元九书》："有唐衢者，见仆诗而泣，未几而衢死。"《闻见后录》："元和中，处士唐衢，闻白乐天谪，大哭。后衢死，乐天有诗云：'何当向坟前，还君一掬泪。'"

［9］己未：1919 年。

［10］黄龙府：辽置，金因之。故城在今吉林省农安县。黄龙府（农安县）北偏，捐德惠县。1918 年前后，雷飞鹏（号艾室）曾在该县任职。

其 一

有水无澜悍[1]，有山无林童[2]。

此邦古丰沛[3]，佳气尚郁葱。

观澜知川媚[4]，入林识岁丰。

富媪岂爱宝[5]，亦谓采掘穷。

牧羊察肥瘠，此与为政通。

[1]澜悍：即"澜汗"，水势浩大貌。《文选·木华·海赋》："洪涛澜汗，万里无际。"注：翰曰："澜汗，大貌。"

[2]林童：《荀子·王制》："山林不童，而百姓有余材也。"注："山无草木曰童。"

[3]丰沛：沛县丰邑，为汉高祖刘邦故乡。后因以"丰沛"指代帝王故乡。吉林，为清朝爱新觉罗氏发祥地。

[4]川媚：犹言河川媚妩。陆机《文赋》："石韫玉而山晖，水怀珠而川媚。"

[5]富媪（ǎo）：即地神。地蓄宝藏曰富媪。《汉书·礼乐志》："后土富媪，昭明三光。"注：张晏曰："媪，老母称也。坤为母，故称媪。海内安定，富媪之功耳。"

其 二

江干去思碑[1]，东营燕然石[2]。

邹峄与紫阳[3]，前后声藉藉[4]。

岑彭虽量移[5]，寇恂旋见借[6]。

同舟有林宗[7]，从无廉蔺隙[8]。

百里半九十[9]，春秋贤者责。

[1]原注："滇南朱经师有去思碑。"按：朱家宝，字经田，又作金田。云南宁州（今曲靖）人。1907至1908年任吉林巡抚。去思碑在吉林市江沿处，今已不存。

[2]原注："天津孟树帅有功德碑。"按：孟恩远功德碑在吉林城东关，早已不存。

[3]邹峄（yì）：指孟子。孟子，字子舆，邹人，战国时思想家。紫阳：指朱熹。朱熹，字元晦，号晦庵，别号紫阳。南宋时理学家。

［4］藉藉：喧盛貌。多形容声名显赫者。

［5］岑彭：东汉棘阳人，字君然。新莽时为县长。汉兵起，率众附更始（淮阳王刘玄），后从光武（刘秀），积功封舞阳侯。量移：本指因罪被贬至远方的官吏，遇赦酌情移迁安置，称为量移。此指朱家宝1917年7月任民政部尚书。

［6］寇恂：东汉昌平人，字子翼。由汝南太守入为执金吾。适颍川贼起，从光武帝出征，过颍川，百姓遮道曰："愿从陛下复借寇君一年。"乃留镇抚之。此指孟恩远1917年10月免吉林督军职改任诚咸将军，1918年3月，再任吉林督军。

［7］林宗：郭泰，后汉界休人，字林宗。博通坟典，弟子数千人。尝游洛，与河南尹李膺有深交，名震京师。后归乡里，诸儒往送者数千乘。独与膺同舟济，众宾望之以为神仙。

［8］廉蔺：即战国赵之大将廉颇和上卿蔺相如。

［9］"百里"句：即"行百里者半九十"。喻事情越是接近成功，越要集中精力认真对待，善始善终。

其 三

春风疑不到，清明犹霏雪[1]。

山容睡未醒，草色青似屑。

松江武力开[2]，冰店砰訇裂[3]。

泥沙挟俱来，夷惠难下咽[4]。

宁渴勿饮鸩[5]，对此思井冽[6]。

[1]霏：飞散，飞舞。

[2]原注："松花江开冻时在清明前后，土人有文开武开之语。"春暖冰融，浮冰顺流而下，平缓有序者，俗称文开江；上游诸山积雪多，融汇入江，水量暴涨，流经吉林附近，江冰尚坚，潜流涌起，裂冰撞击，声闻数里。江窄处冰块叠积如山，轰然塌陷，水溅数丈，声闻数里，此伏彼起，蔚为壮观，是为武开江。自丰满电站建后，虽三九天，江水不冻，武开江之景观已不复见矣。

[3]冰店：旧时，松花江入冬封冻后，从吉林市临江门至东局子江面冰上，倚岸搭起许多"冰店"，为来往客商打尖歇脚住宿而设。砰訇（hōng）：冰裂巨响声。

〔4〕夷惠：伯夷与柳下惠。伯夷，商末孤竹君长子，名允。武王灭商后，逃至首阳山，不食周粟而死。柳下惠，春秋时鲁国大夫。原名展获，字禽。食邑柳下，称柳下季，"惠"为谥号。为官以贤能著称。

〔5〕饮鸩：喻饮挟有泥沙之松花江水。鸩：毒酒。

〔6〕井洌：此指清泉水。

其　四

盛夏苦积潦，比户浸浮沤[1]。

恶浊未宣泄，其人易瘿瘤[2]。

入境未问俗，便知政废修。

子产荫桃李[3]，夷吾利陂沟[4]。

寄语条狼氏[5]，当为未雨谋。

〔1〕比户：指街坊邻里。浮沤：水面上的泡沫。

〔2〕瘿瘤：颈部的囊状瘤子。喻生疾病。

〔3〕子产：即公孙侨，春秋时郑国正卿，字子产。在他执政期间，为百姓做了很多好事，诸如整理田洫，开亩树桑，惠民去奸，不毁乡校等。

［4］夷吾：即管夷吾，春秋初年政治家，字仲，颍上人。在他任齐国上卿四十余年中，因势制宜，实行政革，在保持"井田畦沟"的同时，注重发展农业生产，又用官府力量控制山海之利，为百姓做了很多有益的事。陂：池。

［5］条狼氏：官名，掌辟除行人，清洁道路。《周礼·秋官》："条狼氏下士六人。"注：杜子春云："条，当为涤器之涤。"（郑）玄谓："涤，除也，狼，狼扈道上。"此指吉林为政者当修街巷下水道。

其　五

一日计在寅^[1]，一年秋最好。

牟麦始登场^[2]，菽豆亦丛葆^[3]。

猎户悬狐貉，山民足谷草。

匪骑飘忽来^[4]，落叶呼号扫。

欲报长官知，老翁已绝倒^[5]。

［1］寅：即寅时。干支计时法，寅时即清晨三至五点。

［2］牟麦：大麦。《本草·大麦》释名："牟麦，时珍曰：麦之苗粒皆大于来，故得大名，牟，亦大也，通作麰（móu）。"

〔3〕菽:大豆。丛葆:茂草。宋濂《示吕生诗》:"孤篁出丛葆。"葆:草茂盛貌。此言大豆等作物长势茂盛。

〔4〕匪骑句:时东北多乘马劫掠之胡匪,来去迅捷,踪迹不定。亦称马贼。

〔5〕绝倒:极笑状。因大笑而身若倾仆。《书言故事·哂笑类》:"极笑曰绝倒。"时匪患猖獗,官府捕盗不力,故匪来袭时有人欲报官,老翁认为太可笑了。

其 六

入夏裘可披,未冬雪作幕。

揆之夏小正〔1〕,燠寒难测度〔2〕。

彼苍最仁慈,阳春生丘壑。

乌拉草似绵〔3〕,用较参茸博。

人从冰上行,天与不龟药〔4〕。

〔1〕夏小正:《大戴礼》之篇名。主要记载黄河流域某些动植物的习性和活动。

〔2〕燠寒:犹言暖冷。燠(ào),热也。

[3]乌拉草：亦作"靰鞡草"。产于我国东北，纤维坚韧耐久，为制作草苫草褥等御寒物的良好材料。吉林旧俗，将此草棰软，垫入"靰鞡"（特制硬皮鞋）内，足可御严寒。谚云："吉林有三宝，人参、貂皮、乌拉草。"

[4]不龟药：冬季手脚受冻，皮肤裂如龟纹，以之敷涂可免。此指乌拉草。龟（jūn），同"皲"，皮肤受冻开裂。

其　七

入山无城府，近市少林泉。

闻说北山好，来此学参禅。

拥肿树四五，颇似草圣颠[1]。

僧寮草作荐[2]，野馆花自妍[3]。

纵无鸾凤下，犹有猿鹤缘[4]。

[1]此两句描写北山上一些粗大弯曲的树木，像张旭的草书字一般虬曲，遒劲。拥肿：同"臃肿"，磊块不平直。《庄子·逍遥游》："吾有大树，人谓之樗，其大本拥肿而不中绳墨。"草圣颠：唐张旭善草书，嗜酒。每大醉呼叫狂走，乃下笔。或以头濡墨而书，既醒，自视为神，

不可复得也。世号张颠。又称草圣。

［2］北山僧房用草铺床，曰荐。刘向《九叹》："薜荔饰而陆离荐兮。"注："荐，卧席也。"

［3］北山庙中客房外花草十分鲜艳。野馆：郊野馆舍。杜甫《送翰林张司马南海勒碑诗》："野馆浓花发，春帆细雨来。"

［4］此两句含义：此番游北山，虽然没有像鸾鸟和凤凰一样的贤俊之士，却有与猿鹤一样的君子同游的缘分。猿鹤：《抱朴子》："周穆王南征，一军尽化，君子为猿为鹤，小人为虫为沙。"

其　八

陡绝须弥巅^[1]，旁有喜神殿^[2]。

冠冕拟王者，仿佛三郎面^[3]。

生贻马嵬羞^[4]，殁享梨园宴^[5]。

一曲雨霖铃^[6]，亡国音哀恋。

山灵倘有知^[7]，恐遭移文谴^[8]。

［1］须弥：古印度传说中的山名，意译为"妙高"，为世界中心。此指北山东峰顶之玉皇阁。

［2］玉皇阁依山势而建，最高处为正殿，正殿右前侧有喜神殿，又名老郎殿，供奉梨园祖师。

［3］三郎：唐玄宗之小字。《懒真子》："开元中有人献俳文于明皇，其略云：'说甚三皇五帝，不如来告三郎。'三郎谓明皇也。"

［4］生贻：《唐书·杨贵妃传》："西幸至马嵬，陈元礼等以天下计，诛国忠已死，军不解，帝遣力士问故，曰：'祸本尚在。'帝不得已，与妃诀，引而去，缢路祠下。"明皇乃一国之君，马嵬之变，妃子尚不能保，故谓贻羞于马嵬。马嵬，地名。在陕西省兴平县西二十五里。

［5］殁享句：《唐书·礼乐志》："明皇既知音律，又酷爱法曲，选坐部伎子弟三百，教于梨园，声有误者，帝必觉而正之，号皇帝梨园子弟。宫女数百，亦为梨园子弟，居宜春北院。"明皇死后，受梨园弟子之宴享，见于传奇《长生殿》。

［6］雨霖铃：乐曲名。《明皇别录》："帝幸蜀，南入狭斜谷，属霖雨弥旬，于栈道中闻铃声与雨相应。帝既悼贵妃，因采其声为'雨霖铃'以寄恨。时独梨园善觱篥（bì lì）乐工张徽从，帝以其曲授之。洎至德中复幸华清宫，从官嫔御皆非旧人，帝于望京楼，令张徽奏此曲，不觉凄怆流涕。其曲后入法部。"

[7]山灵：山神。

[8]恐遭句：孔稚珪写《北山移文》，假借山灵的口气，责备周颙贪慕富贵，隐居有始无终，并声明不许他再践此山。于须弥巅喜神殿中供奉之三郎，也理应受到移文之谴责，不许再留此山受用人间香火。

其 九

平生好农书[1]，暇日辄探讨。

物产志茶桑，土宜辨秔稻[2]。

过江访农场[3]，大似江南好。

女桑已成行[4]，红药犹未槁[5]。

念兹荜路人[6]，颇思紫阳老[7]。

[1]农书：书名。有二种，一为宋陈旉（fū）撰。凡三卷，上卷论农事，中卷论养牛，下卷论养蚕。二为元王桢撰。凡二十二卷。分农桑通诀、谷谱、农器图谱三类。其书典赡有法，为《齐民要术》一流。

[2]秔（jīng）稻：即粳稻。粳稻适宜温度较低地区生长，作者认为吉林地区也可种植。

［3］农场：原注："朱经帅经办。"1908年，吉林巡抚朱家宝在今吉林市江南公园处设立农事试验场及公园。

［4］女桑：《尔雅·释木》："女桑，桋桑。"注："今俗呼桑树小而条长者为女桑树。"

［5］红药：芍药之别名。

［6］荜路人：创始人，开拓者。《左传·宣公十二年》："荜路蓝缕，以启山林。"

［7］紫阳老：此指创办农场之朱家宝。宋朱熹父松，读书紫阳山（在安徽歙县城南）。后熹居富建、崇安，仍榜其所居之听事堂曰紫阳书堂，以示不忘，世遂以紫阳名朱子之学。

其　十

喜闻长白山，千岩拱一尊[1]。

风雷屯大泽[2]，龙种尽王孙。

我来龙潭麓[3]，探险考脉源。

唏嘘劫火后，神树半枯存[4]。

天门登绝顶[5]，西南瘴疠昏[6]。

［1］一尊：指长白山神。金大定十二年，封长白山为灵应王；明昌四年，册为开天宏圣帝。清朝尊为长白山之神。

［2］大泽：广大之湖泽。《左传·襄公二十一年》："深山大泽，实生龙蛇。"

［3］龙潭：即龙潭山。位于吉林市东郊。

［4］神树：《永吉县志·舆地志十》："由僧院东南行百余步，旧有黄波罗树，高九丈许，亭直无曲，围一朱栏，中设香炉，名为神树，清高宗东巡时所封者。满俗祭祀，先祭神树。民国后自萎残。"

［5］天门：龙潭山山城顶峰俗称"南天门"，海拔三百八十八米，高出地面约百米。登峰一览，江城景物尽收眼底。

［6］西南句：袁世凯倒台后，在北方，北洋系军阀分裂为几个派系，在西南云南唐继尧，广西陆荣廷，湖南谭延闿和四川贵州的大小军阀组成西南军政府，连年混战，民不聊生，有如瘴疠。

其　十　一

江平波似镜，城小堞及肩[1]。

故俗犹板障[2]，日侨杂市廛[3]。

鹬蚌两无忌[4]，雀燕得平权[5]。

中原尚鼎沸[6]，边塞无风烟。

此邦真古处，疑是怀葛年[7]。

[1]堞：城上如齿状之矮墙。民国时吉林城约32万多平方丈，城墙高1丈至1.5丈。

[2]板障：一般住宅以木板为院墙，俗称"板障子"。

[3]市廛：市场。民国时吉林城外侨以日侨为多。《永吉县志》（1941年版）："日人男390，女323。"

[4]鹬蚌句：喻当地居民与日侨共处，虽势如鹬蚌，却能相安无忌。有讽意。

[5]雀燕句：喻百姓利权平等。有讽意。

[6]鼎沸：形容局势不安定，如鼎中水沸腾。戊午年（1918）3月，北京政府以段祺瑞为首主张"武力统一"，南方护国军政府下令进军北伐。

[7]疑是句：此时吉林政局与中原相比相对稳定，无怀氏与葛天氏均为上古帝号。《路史·禅通记》："无怀氏，帝太昊之先，其抚世也，

以道存生，以德安刑，过而不悔，当而不愉。当世之人，甘其食而乐其俗，安其居而乐其生。形有动作，心无好恶。鸡犬之音相闻，而民至老死不相往来，命之曰无怀氏之民。世用太平，凤凰降，龟龙格，风雨节，而寒暑时，于是天下益趋于文矣。"《纲鉴·一》："葛天氏，其治世也，不言而信，不化而行，荡荡乎无能名之。俗以熙熙，其作乐也，三人操牛尾，投足以歌八阕：一曰载民，二曰玄鸟，三曰遂草木，四曰奋五谷，五曰敬天常，六曰建帝功，七曰依地德，八曰总禽兽之极，是为广乐。"

其 十 二

吾道日晦盲[1]，文明恣僭窃[2]。

嘘气成楼台[3]，闪烁苏张舌[4]。

沃土民思淫[5]，篝灯妖作孽[6]。

内幕窈重重[7]，未易一二揭。

不见四达衢，电光半明灭[8]。

[1]晦盲：《荀子·赋篇》："阖乎天下之晦盲也。"注："晦盲，言人莫之识也。"

［2］僭窃：贪窃分外之高位高官。《唐书·艺文志》："僭窃伪乱。"

［3］嘘气句：指有人能如蜃一般吐气可成楼台城郭状（海市蜃楼）。此喻煽惑舆论，翻云覆雨。

［4］闪烁句：喻人能言善辩，闪烁其词，如战国时苏秦张仪等游说之士。

［5］沃土句：《国语·鲁语下》："昔圣王之处民也，择瘠土而处之，劳其民而用之，故长王天下。夫民劳则思，思则善心生。逸则淫，淫则忘善，忘善则恶心生。沃土之民不材，淫也。瘠土之民不响义，劳也。"

［6］篝灯：即篝火。亦即成语"篝火狐鸣"之意。秦末陈胜举事，作篝火狐鸣呼曰："大楚兴，陈胜王。"后即以为谣言惑众之喻。

［7］窈：深远，晦暗。

［8］电光：此指路灯。吉林电灯厂创建于 1907 年，商办。初名吉林宝华电灯股份有限公司，1916 年改归水衡官银号接办，更名永衡电灯厂，民国年间，供应官府、富户和商埠地。仅几条主要街道设路灯，光度不大。

其 十 三

仙境本虚无，蓬莱渺何处[1]。

咄咄悯世船[2]，此船应一炬。

关岳道参天[3]，凭依乃社鼠[4]。

苏李俱诗豪[5]，身后发呓语。

谁与作俑者[6]，五常宣讲所[7]。

[1]蓬莱：海中仙山名。《史记·封禅书》：“蓬莱、方丈、瀛洲，此三山者，在渤海中，盖尝有至者。诸仙人及不死药在焉。其物禽兽尽白，而黄金白银为宫阙。”

[2]咄咄：感叹声，多对荒诞不经之事而发。如“咄咄怪事”。悯世船：佛经载佛菩萨发大慈悲救度众生出离生死之苦海，喻之为船。《万善同归集》卷下：“驾大般若之慈航，越三有之苦津。”

[3]关岳句：关岳庙中祀的关羽和岳飞“道德参天”。参天：德与天齐。

[4]社鼠：托身于祠庙的老鼠。喻仗势作恶之人。《晏子·问·上》：“景公问曰：‘治国何患？’晏子对曰：‘患夫社鼠。’公曰：‘何谓也？’

对曰:'夫社束木而涂之,鼠因往托焉。熏之则恐烧其木,灌之则恐败其涂,此鼠之所以不可得杀者,以社故也。夫国亦有焉,人主左右是也。内则蔽善恶于君上,外则卖权重于百姓。不诛之则乱,诛之则为人主所案据,腹而有之,此亦国之社鼠也。'"社:祀土地神之所。

[5]苏李:苏武与李陵。过去曾普遍认为二人为五言诗创始人。《唐书·宋之问传》:"语曰,苏李居前,沈宋比肩,谓苏武李陵也。"

[6]谁与句:俑,古代用来陪葬的木偶或泥人。作俑者,制造偶像的人。《孟子·梁惠王上》:"仲尼曰:'始作俑者,其无后乎?'"后谓创始为作俑,多用贬义。

[7]五常:《白虎通·情理》:"五常者何?谓仁义礼智信也。"宣讲所为当时宣扬封建道德的社团组织。

其 十 四

入市购遗书[1],遗书渺不睹。

文献俱无征,瓯脱自今古[2]。

诗书陶熔之[3],一变至邹鲁[4]。

湖州有学程^[5]，蕺山留人谱^[6]。

吁嗟高才生，良窳由自取^[7]。

［1］遗书：前代散佚之书。

［2］瓯脱：指边界之地。《史记·匈奴列传》："（东胡）与匈奴间，中有弃地，莫居，千余里。各居其边为瓯脱。"《集解》："韦昭曰：'界土屯守处'。"后来泛指边地。

［3］陶熔：陶模和熔铸模型。喻造就、培养。

［4］邹鲁：孔子鲁人，孟子邹人。后世言文教兴盛之地，辄称邹鲁。

［5］湖州句：宋时湖州有胡瑗订的学规。湖州，三国吴宝鼎元年分丹阳设吴兴郡，治乌程。隋仁寿二年改置湖州。后废。唐天宝元年复置，宋沿置。宋仁宗宝元年间，滕宗谅知湖州，聘胡瑗为教授。瑗分经义和治事两斋，严立学规，因材施教，其弟子多至数千人，当时称为湖学。庆历中，朝廷兴办太学，明令推行他的学规和教法。

［6］蕺山句：明刘宗周，字起东，号念山，山阴人，万历进士。曾讲学于蕺山（绍兴卧龙山东北），又称蕺山先生。著有《周易古文钞》、《人谱》、《人谱类记》等。

［7］良窳：良好与粗劣。窳（yú），器物粗劣。

其 十 五

痴绝大腹贾，买卖两架空[1]。

朝充猗顿富[3]，夕作黔娄穷[3]。

黠者乘隙入[4]，毒螫甚桃虫[5]。

杂居约未定，信托入牢笼[6]。

吁嗟债国氓[7]，焚券亡是公[8]。

[1]痴绝二句：指吉林官办永衡官银钱号代理省库，各种用费浩繁，靠发官帖以资垫付。

[2]猗顿：春秋鲁人。初甚贫，闻陶朱公富，往而问术。陶朱公告之曰："子欲富，畜五牸。"乃适西河，大畜牛羊于猗氏之南。十年之间，资拟王公，驰名天下。以兴富于猗氏，故名猗顿。吉林永衡官银钱号成立时资本金大银元一千万元。

[3]黔娄：春秋齐人。修身清节，不求仕进。鲁恭王欲以相，齐威王聘为卿，均不就。齐每有敌至，王辄徒步诣之，遂得解厄，国人莫测。贫甚，及卒，衾不蔽体。曾西曰："斜其被则敛矣。"其妻曰："斜之有余，不若正之不足。先生生而不斜，死而斜之，非其志也。"曾

子不能答。著书四篇，言道家之务，号黔娄子。永衡官银钱号靠滥发官帖以维持生计，自1900至1918年累计发行官帖4亿6千多万吊。

［4］黠者：狡狯之人。

［5］桃虫：食桃之蠹虫。如1918年吉林财政厅长兼官银号督办刘彭寿违法营私，官银号钱柜司事刘玉琨盗窃库款等。

［6］信托：即信托公司或银行的信托部。1916年日本银行在吉林设立分行。设信托部，利用钱币贬值，使中国存户大受其害。

［7］债国氓：指1917年《中日吉长铁路借款合同》向日借款650万元，年息5厘；1918年《中日吉长黑金矿森林借款草合同》向日借款3000万元，年息7.5厘。这些借债当然要由中国人民负担。

［8］焚券句：意为没有那种将债券焚烧而不用还债之人了。焚券：战国齐冯谖为孟尝君往薛地收债，矫命以债赐百姓，尽烧其券，民称万岁。（见《战国策·齐四》）亡是公：汉司马相如《子虚赋》中虚构亡是公这个人物，即无此人之意。

其 十 六

愚哉山谷氓，乃有盘龙癖[1]。

家无儋石储[2]，百万恣一掷。

狐鼠啸聚来，萑苻起大泽[3]。

途穷鬼揶揄[4]，运至屠侯伯[5]。

我闻五站衢，呼雉声啮咋[6]。

[1]盘龙癖：晋刘毅，性骄侈，好樗（chū）蒲，尝在东府一掷数百万。毅小字盘龙。世因称嗜赌者曰盘龙之癖。

[2]儋（dàn）石：儋，瓦器。十斗为一石，二石为儋。

[3]萑（huán）苻：《左传·昭二十年》："郑国多盗，取人于萑苻之泽。"注："萑苻，泽名。于泽中劫人。"萑苻为葭苇丛密之泽，易于藏身。旧时常以此指盗贼聚众出没之地。

[4]鬼揶揄：被鬼戏弄，侮弄。《吕氏春秋》："梁北有黎丘部，有奇鬼焉，喜效人之子侄昆弟之状。邑丈人有之市而醉归者，黎丘之鬼效其子之状，扶而道苦之。丈人归，酒醒，而诮其子曰：'吾为汝父也，岂谓不慈哉！我醉，汝道苦我，何故？'其子泣而触地曰：'孽矣！

无此事也。昔也往责于东邑，可问也。'其父信之，曰：'嘻！是必夫奇鬼也。我固尝闻之矣。'明日，复饮于市，欲遇而刺杀之。明旦之市而醉，其真子恐其父之不能返也，遂逝迎之。丈人望其真子，拔剑而刺之。"

［5］运至句：汉严延年，为河南太守，用刑刻急，每冬月论囚，辄流血数里,时号屠伯。《汉书·严延年传》:"流血数里，河南号曰屠伯。"注："邓展曰，严延年杀人，如屠儿之杀畜。伯，长也。"

［6］呼雉句：呼雉（zhì），即"呼卢喝雉"，喻赌博之呼声，后世因称掷骰博曰呼卢喝雉。瞿佑《骰子诗》："却忆咸阳客舍里，呼卢喝雉烛花底。"喈咋（jiè zhà）：大声喊叫。

其 十 七

一食日万钱[1]，贵人未餍口。

一楮满十千[2]，籴米不盈斗。

持楮易一金，先生号乌有。

大贾幡其腹[3]，小民瘿生肘。

颇闻主计者^[4]，胡椒成陵阜^[5]。

[1]一食日万钱：《晋书·何曾传》："曾字子颖，性奢豪，食日万钱，犹曰无下箸处。"

[2]一楮句：楮（chǔ），木名。皮可制桑皮纸，因以为纸的代称。此指纸币。

[3]皤（pó）腹：大腹。《左氏·宣二》："睅其目，皤其腹。"注："皤，大腹。"

[4]主计：汉代官名。司财赋出入。

[5]胡椒句：此句喻主计者贪污之钱物堆积成山。《书言故事》："元载受贿，后事败，有司籍其家，钟乳五百两，胡椒八百斛。"古以十斗为一斛，八百斛胡椒堆放起来，与"陵阜"无异。

其 十 八

好官多得钱^[1]，自古有斯谚。

认字例饿穷，识时为俊彦。

鳢蚕利所在，贲诸目不眩^[2]。

张秉洁舆服^[3]，王恺饰厨传^[4]。

但计橐盈虚，安问谷贵贱[5]。

[1]好官句：《宋史·曹彬传》："曹彬曰：'人生何必使相，好官亦不过多得钱耳。'"好官，即"美差"、"肥缺"。

[2]鳣（zhān）蚕二句：《韩非子·内储上》："鳣似蛇，蚕似蠋（zhú）。人见蛇则惊骇，见蠋则毛起。然而妇人拾蚕，渔者握鳣，利之所在，则忘其所恶，皆为贲诸。"捕鳣鱼，育蚕皆有利，虽形可畏，人亦像孟贲、专诸等勇士一般不畏惧。鳣通"鳝"，鳝鱼亦称黄鳝，体极似蛇。贲诸：孟贲和专诸。孟贲，战国齐之勇士。《史记·袁盎传》索隐："尸子云，孟贲水行不避蛟龙，陆行不避虎兕，发怒吐气，声响动天。"专诸，春秋吴之刺客，堂邑人。时公子光欲杀王僚，乃具酒请僚至，光佯为足疾，先退，使专诸置匕首炙鱼腹中以进，既至，专诸擘鱼，即以匕首刺僚，僚立死，专诸亦为僚左右所杀。

[3]张秉：三国吴阳羡人，字仲节。官至云阳太守。舆服：即车舆与冠服。

[4]王恺：晋人，字君夫。官至后军将军。与石崇竞富，并穷绮丽，以饰舆服。卒谥丑。见《晋书》。厨传：即庖厨和传舍。《汉书·宣帝纪》："或擅兴徭役，饰厨传。"注："韦昭曰：'厨，谓饮食，传，谓传舍。'"

[5]但计二句:斥所谓"好官"只管搜刮民脂民膏,不管人民生计。橐(tuó),无底之囊。

其 十 九

管仲始女闾[1],谢安耽丝竹[2]。

大节果无亏[3],微瑕安足戮。

杜曲胭脂坡[4],半是褐裘服[5]。

缠头不计钱[6],骑鹤犹羞缩[7]。

寄语夜游人,老妪一路哭。

[1]管仲:春秋齐桓公相,通货积财,富国强兵。女闾:妓院。《战国策·东周策》:"齐桓公宫中七市,女闾七百,国人非之。"

[2]谢安:晋阳夏人,字安石。曾为大都督,击败苻坚百万大军。少有重名,征辟不就,隐居会稽之东山,以声色自娱。

[3]大节:指安国家、定社稷之节操。《论语·泰伯》:"可以托六尺之孤,可以寄百里之命,临大节而不可夺也,君子人与! 君子人也!"

[4]杜曲:地名。唐时杜氏世居于此,故名。在陕西省长安县东

少陵原东南端。

[5]褐裘：黄黑色之裘。身份卑贱者之服。

[6]缠头：古时歌舞艺人表演毕，客以罗锦为赠，称缠头。后来又作为赠送女妓财物的通称。白居易《琵琶记》："五陵少年争缠头，一曲红绡不知数。"

[7]骑鹤：《商芸小传》："有客相从，各言所志：或愿为扬州刺史，或愿多资财，或愿骑鹤上升。其一人曰：'腰缠十万贯，骑鹤上扬州。'欲兼二者之愿。"羞缩：羞愧畏缩。

其 二 十

声音与政通[1]，哀乐由人睹。

平生任侠肠[2]，未敢儒冠侮[3]。

落拓子胥箫[4]，激昂祢衡鼓[5]。

举世喜淫哇[6]，谁识歌者苦。

寄语俱乐部，莫作燕姬舞[7]。

[1]声音句：犹言音乐与政治相关联。《礼记·乐记》："治世之音，安以乐，其政和。乱世之音，怨以怒，其政乖。亡国之音，哀以思，

其民困。声音之道，与政通矣。”

［2］任侠：即行侠义之事。《史记·季布传》：“为气任侠，有名于楚。”注：“如淳曰：相与信为任，同是非为侠，所谓权行州里力折公侯者也。”

［3］儒冠：儒者之冠。《史记·郦食其传》：“诸客冠儒冠来者，辄解其冠溺其中。”

［4］落拓句：《史记·范雎传》：“伍子胥橐载而出昭关，夜行昼伏，至于陵水，无以糊其口，膝行蒲伏，稽首肉袒，鼓腹吹篪（chí），乞食于吴市。”《集解》：“篪，一作箫。”

［5］激昂句：《后汉书·祢衡传》：“操闻衡善击鼓，乃召为军吏。因大会宾客，阅试音节，诸吏过者，皆令脱其故衣，更着岑牟单绞之服。次至衡，衡为渔阳三挝，蹀躞（dié xiè）而前，容态有异，音节悲壮，听者莫不忼慷。衡进至操前而止。吏呵之曰：‘鼓吏何不改装，而敢轻进乎？’衡曰：‘喏’。于是先解裼（xī）衣（罩衣），次解余服，裸身而立。徐取岑牟单绞而著之。毕，复三挝而去，颜色不怍。”

［6］淫哇：无节制地唱艳曲。稽康《养生论》：“目惑玄黄，耳务淫哇。”

［7］燕姬：燕地之女子。鲍照《舞鹤赋》：“燕姬色沮，巴童心耻。”注：

"巴童、燕姬，并善舞者。"李白《幽歌行》："赵女长歌入彩云，燕姬醉舞娇红烛。"

其二十一

汤网三面开[1]，文囿与民狩[2]。

仁政及跂蹞[3]，王者慎在宥[4]。

猎者告予言："林骇鸟兽走。"

一狐值千金，得之可暴富。

昔闻骀虞公[5]，今见羼羊瘦[6]。

[1]汤网：《吕氏春秋·异用》："汤见祝网者，置四面，其祝曰：'从天坠者，从地出者，从四方来者，皆罹吾网。'汤曰：'嘻！尽之矣。非桀其孰为此。'汤收其三面，置其一面，更教祝曰：'欲左者左，欲右者右，欲高者高，欲下者下，吾取其犯命者。'汉南之国闻之曰：'汤之德及禽兽矣。'四十国归之。"

[2]文囿句："(周)文王之囿，方七十里。刍荛者往焉，雉兔者往焉。与民同之，民以为小，不亦宜乎！"（《孟子》）民狩：百姓之狩猎。

[3]仁政：指实行仁爱之政。董仲舒《诣丞相公孙弘记室书》："发

号出令，利天下之民者，谓之仁政。"跂踶（qí dì）：难以驯服之畜类。此句与"汤网三面开"对应。

［4］宥（yòu）：通"囿"。此句谓：周文王对于设围场很谨慎。

［5］驺虞：《韩诗》释为替天子掌管鸟兽之官。吉林乌拉街清代设有打牲总管衙门为皇家捕鱼猎兽。

［6］牂（zāng）：母羊。

其二十二

大壑纵巨鳞[1]，老蚌孕明月[2]。

昔闻有道时，瑰异贡帝阙[3]。

渔者告予言："网密泽已竭[4]。"

合浦珠不还[5]，深渊獭播越[6]。

江湖日迫窄，空山只薇蕨。

［1］大壑：大海。王褒《圣主得贤臣颂》："沛乎若巨鱼纵大壑。"巨鳞：大鱼。

［2］明月：珠名。李斯《谏逐客书》："垂明月之珠，服太阿之剑。"

［3］瑰异句：清代吉林向朝廷贡东珠。

［4］泽已竭：意谓鱼已捕尽。《吕氏春秋·义赏》："竭泽而渔，岂不获得，而明年无鱼。"

［5］合浦句：《后汉书·孟尝传》载，东汉时，合浦盛产珍珠，百姓赖此谋生。历任郡太守贪得无厌，强迫百姓滥采，致使珍珠越来越少。孟尝到任后，"革易任弊，求民病利。曾未逾岁，去珠复还"。后人称之为"合浦珠还"。此句"合浦珠不还"指吉林东珠经二百来年的采捕，至清末已采不到了。

［6］獭：俗称水狗。《孟子·离娄上》："故为渊驱鱼者獭也。"《玉篇》："獭，如猫，居水食鱼。"播越：流亡在外，失其所居。

其二十三

蟋蟀唐俗醇[1]，狖狋幽民厚[2]。

终岁胼胝劳[3]，上农仅食九[4]。

耕者告予言："伤哉石田耦[5]。"

丰年足穄芦[6]，淡食无葱韭。

县令令如毛，何堪再剥取。"

［1］蟋蟀句：喻吉林古俗朴淳。《蟋蟀》，《诗经·唐风》篇名。

唐俗醇，朱熹《诗集传》注："唐，国名，本帝尧旧都，在禹贡冀州之城，太行恒山之西，太原太岳之野。周成王以封弟叔虞为唐侯。南有晋水。至于燮，乃改国号曰晋。后徙曲沃，又徙居绛。其地土瘠民贫，勤俭质朴，忧深思远，有尧之遗风。"

[2]豜豵（zōng jiān）句：喻吉林人民生活较富厚。《诗·豳风·七月》："言私其豵，献豜于公。"猎得小兽归己，大兽归公。《毛传》："一岁曰豵，三岁曰豜。"豳（bīn）同"邠"。古都邑名，在今陕西旬邑西南。周族后稷的曾孙公刘由邰迁居于此，到文王祖父太王又迁于岐。

[3]胼胝（pián zhī）：手足所生老茧。扬雄《逐贫赋》："身服百役手足胼胝。"

[4]上农：指生产条件较好之农民。《孟子·万章下》："上农夫食九人。"赵岐注："百亩之田，加之以粪，是为上农夫。其所得谷足以食九口。"

[5]石田：多石之地。《易林》："石田无稼，苦费功力。"耦（ǒu）：二人并耕。

[6]穄芦：穄（jì），黍属而无黏性者，子实称穄子。芦，芦苇。

其二十四

山木匪自寇[1]，翘秀由匠造[2]。

大厦要栋梁，十年计宜早。

樵者告予言："乔柯非昔好[3]。"

五蠹自内生[4]，三虱终茅燥[5]。

昔闻牛山美[6]，今见邓林槁[7]。

[1]山木句:《庄子·人世间》:"山木自寇也，膏火自煎也。"自寇，自遭砍伐。

[2]翘秀句：谓才能特出，靠匠心营造。《抱朴子·勖学》:"陶冶庶类，匠成翘秀，荡汰积埃，革邪反正。"

[3]乔柯:高大之树枝。谢朓《高松赋》:"修干垂阴，乔柯飞频。"

[4]五蠹:《韩非子》篇。内所言五蠹指儒家、纵横家、游侠、逃兵役者及工商者五种人。见《韩非子·五蠹》。此指唯利是图、滥伐木材之吉林各木材公司。其中包括中日合办之华森制材公司。

[5]三虱句:一旦木材伐尽，后患无穷。《韩非子·说林下》:"三虱食彘，相与讼。一虱过之，曰:'讼者奚说？'三虱曰:'争肥饶之地。'

一虿曰：'若亦不患腊之至而茅之燥耳！'"

[6] 牛山：山名：在山东省临淄县南。《孟子·告子上》："牛山之木尝美矣。"注："牛山，齐之东南山也。"此指吉林本多原始森林。

[7] 邓林：《山海经·海外北经》："夸父与日逐走，入日，渴，欲得饮，饮于河渭，河渭不足，北饮大泽，未至，道渴而死。弃其杖，化为邓林。"邓林，即桃林。《列子·汤问》："邓林大小数千里。"

其二十五

酒市三日酺[1]，国旗五色眯[2]。

说是约从成[3]，强秦已解体[4]。

举国走若狂，欢呼将军邸[5]。

累累白骨枯，功罪岂足抵。

我思老子言，战胜用丧礼[6]。

[1] 酺（pú）：聚饮。

[2] 国旗句：民国成立，以红黄蓝白黑五色横列为国旗。1912年2月12日，吉林当局也悬挂五色国旗。眯，通"昧"，不明，昏暗。

[3] 说是句：1918年（戊午）二月，冯玉祥在湖北通电吁请南北

两方罢兵。十一月十六日，徐世昌在北京公布停战令，二十二日，广东军政府亦通令停战。

〔4〕强秦句：指北洋军阀。

〔5〕将军邸：指吉林诚威将军孟曙村官邸。

〔6〕我思句：《老子》三十一章："夫唯兵者不祥之器，物或恶之，故有道者不处。君子居则贵左，用兵则贵右，兵者不祥之器，非君子之器，不得已而用之，恬淡为上。胜而不美，而美之者，是乐杀人也。夫乐杀人者，则不可以得志于天下矣。吉事尚左，凶事尚右。偏将军居左，上将军居右，言以丧礼外之。杀人之众，以哀悲莅之，战胜以丧礼处之。"

其二十六

嘉禾未蕃殖[1]，妖卉复蒙茸[2]。

黠者窃窃语[3]，今岁收获丰。

鞍鞯腰万贯[4]，芙蓉乳千钟[5]。

大薤根未拔[6]，颠木蘖又丛[7]。

我思周任言，去草芟蕴崇^[8]。

[1] 蕃殖：繁育增长。《国语·越下》："五谷睦熟，民乃蕃殖。"

[2] 妖卉：此指供提取鸦片之用的罂粟。蒙茸：犹言蓬松。指罂粟的长势。

[3] 者：指贩卖鸦片者。

[4] 靺鞨：古族名。此指种植鸦片取利的土著人。

[5] 芙蓉乳：罂粟果中乳汁经熬制后称鸦片，又称"芙蓉膏"。

[6] 大薤（xiè）：即藠（jiào）头。鳞茎如小蒜，可食，可入药。

[7] 颠木：倒仆于地之树木。《书·盘庚上》："若颠木之有由蘖。"蘖（niè）树木砍伐后新生之枝条。

[8] 我思句：《左氏·隐》："周任有言曰：'为国家者，见恶如农夫之务去草焉，芟夷蕴（yùn）崇之，绝其本根，勿使能殖，则盖者任矣。'"周任，周大夫。蕴崇，积之低为蕴，堆之高为崇。

其二十七

馋虎踞深山，怒狸争岩隩。

于思蜂拥来^[1]，白昼狐鸣噪。

此害不蕲除，新政皆虚耗。

牧马去害群，用人慎炀灶[2]。

我思武仲言，治鲁先诘盗[3]。

[1]于思：《左氏·宣二》："宋城，华元为植巡功，城者讴曰：'睅其目，皤其腹，弃甲而复，于思于思，弃甲复来。'"注："于思，多须之貌。"此喻胡匪。

[2]炀灶：在灶门前烤火。炀，烤火。《战国策·卫策》："卫灵公近雍疽、弥子瑕。二人者，专君之势，以蔽左右。复涂侦谓君曰：'昔日臣梦见君。'君曰：'子何梦？'曰：'梦见灶君。'君忿然作色曰：'吾闻梦见人君梦见日，今子奚为梦见灶君而言君也？有说则可，无说则死！'对曰：'日并烛天下者也，一物不能蔽也。若灶则不然，前人之炀（yàng），则后人无从见也。今臣疑人之有炀于君者也，是以梦见灶君。'"谓一人炀则蔽灶之光，故后人不见光。以喻君之明有所蔽也。

[3]我思句：《左氏·襄二十一》："于是鲁多盗。季孙谓臧武仲曰：'子盍诘（治）盗？'武仲曰：'不可诘也，纥又不能。'季孙曰：'我有四封，而诘其盗，何故不可？子为司寇，将盗是务去，若之何不能？'武仲曰：'子招外盗而大礼焉，何以止吾（国中）盗？子为正卿而来

外盗，使纥去之，将何以能？庶其窃邑于邾以来，子以姬氏妻之而与之邑，其从者皆有赐焉。若大盗，礼焉以君之姑姊与其大邑，其次皂牧舆马，其小者衣裳剑带，是赏盗也。赏而去之，其或难焉。纥也闻之，在上位者，洒濯其心，一以待人，轨度其信，可明征也。而后可以治人。夫上之所为。民之归也。上所不为而民或为之，是以加刑罚焉，而莫敢不惩。若上之所为而民亦为之，乃其所也，又可禁乎？'"武仲，即春秋鲁大夫臧叔纥（hé）之谥号。

其二十八

儒者文乱法[1]，法家文为戏。

凿枘不相容[2]，并驱马失辔。

模正形自端，陶者慎所埴[3]。

纳玺郉令贤[4]，烹阿齐国治[5]。

我思韩非言，治民先治吏。

[1]儒者：《韩非子·五蠹》："儒以文乱法，侠以武犯禁，而人主兼礼之，此所以乱也。"

[2]凿枘："圆凿方枘"之略语，凿，榫眼。枘，榫头。方形榫

头不能进入圆形榫眼。

〔3〕埴（zhí）：陶器未烧前之坯。

〔4〕纳玺句：《韩非子·外储说左下》："西门豹为邺令，清克洁悫（què），秋毫之端，无私利也，而甚简左右。左右因相比周而恶之。居期年，上计，君收其玺。豹自请曰：'臣昔者不知所以治邺，今臣得矣。愿请玺复以治邺，不当，请伏斧锧之罪。'文侯不忍而复与之。豹因重敛百姓，急事左右。期年，上计，文侯迎而拜之，豹对曰：'往年臣为君治邺，而君夺臣玺，今臣为左右治邺，而君拜臣。臣不能治矣！'遂纳玺而去。文侯不受，曰：'寡人曩不知子，今知矣！愿子勉为寡人治之。'遂不受。"

〔5〕烹阿句：《史记·田敬仲完世家》："威王初即位以来……召阿大夫语曰：'自子之守阿，誉言日闻。然使使视阿，田野不辟，民贫苦。昔日赵攻甄，子弗能救。卫取薛陵，子弗知。是子以币厚吾左右以求誉也。'是日烹阿大夫，及左右尝誉者并烹之。遂起兵西击赵卫，败魏于浊泽而围惠王。惠王请献观以和解，赵人归我长城。于是齐国震惧，人人不敢饰非，务尽其诚。齐国大治。诸侯闻之，莫敢致兵于齐二十年。"

其二十九

将军好宾客[1]，许我傲林泉。

闭户辄累月，忽忽已经年。

塞雁稻粱足[2]，白鱼冰雪鲜[3]。

不知今魏晋[4]，时逢中圣贤[5]。

安得子列子[6]，御我访倥全[7]。

[1] 将军：即孟曙村。

[2] 塞雁：边塞之雁。指吉林地方。

[3] 原注："松花江产白鱼，大者可七八斤，似较鲥（shí）鱼为美。"

[4] 不知句：陶潜《桃花源记》："问今是何世，乃不知有汉，无论魏晋。"

[5] 时逢句：《三国志·魏志·徐邈传》："徐邈为尚书郎时科禁酒，而邈私饮醉。校事者问以曹事，邈曰中圣人（邈以酒禁严，故为隐语）。曹操闻之怒，鲜于辅进曰：'醉客谓酒清者为圣人，浊者为贤人，邈性修慎，偶醉言耳。'后文帝幸许昌，问邈曰：'颇复中圣人否？'"中圣贤，即谓中酒。

［6］子列子：《庄子·逍遥游》："夫列子御风而行，泠（líng）然善也，旬有五日而后返，彼于致福者，未数数然也。"列子，名御寇，郑人，尊称为子列子。御风，乘风飞行。

［7］偓佺（wò quán）：《史记·司马相如列传》："偓佺之伦。"《索隐》韦昭曰："古仙人，姓偓。"《列仙传》云："槐里采药父也，食松子，形体生毛数寸，方眼，能行追走马也。"

其　三　十

闻说鸡林贾，喜购香山诗[1]。

香山今不作，乐府久陵夷[2]。

空谷抒歌啸，时寓民莫思[3]。

见似人而喜，义本颂与规。

幸勿草莽罪[4]，古有讽诵师[5]。

［1］香山：唐白居易别号。《旧唐书·白居易传》："会昌中以刑部尚书致仕，与香山僧如满，结香火社，每有舆往来，白衣鸠杖，自称香山居士。"

［2］陵夷：衰落。

［3］民莫:即"民瘼",民间疾苦。《后汉书·循吏传》:"广求民瘼,观纳风谣。故能内外匪懈,百姓宽息。"

［4］草莽:"草莽之臣"略语。《孟子·万章下》:"在国曰市政之臣,在野曰草莽之臣,皆谓庶人。"草莽,即指在野之臣。

［5］古有句:《国语·周语上》"故天子听政,使公卿至于列士献诗,瞽献曲,史献书,师箴,瞍赋,矇诵,百工谏,庶人传语,近臣尽规,亲戚补察,瞽史教诲,耆艾修之,而后王斟酌焉,是以事行而不悖。"

鸡林杂咏

清·黄兆枚 撰

清·李宏光 注

前　言

　　吉林昔称龙兴之地，山水秀丽，民风古朴。近代学子才人，多有不辞万里跋涉而来吉地，或凭古吊今，或采风问俗，或评时论政，感慨万千而一书为快者不乏其人。《鸡林杂咏》著者黄兆枚先生就是其中的一位。

　　黄先生字宇逵，湖南长沙人。其生平史无明文，仅从其一首自述诗中得知：他是"依人"才来到了吉林城，又住在太和宫（当时的将军府，后改为省府），还在瞰江楼上题过诗。可后来（1920年）不得不离开吉林，因其所依之人被免职了。黄先生所依之人就是郭宗熙。郭宗熙，湖南长沙人，光绪二十九年癸卯科进士，宣统二年十一月十六日任吉林交涉司长，民国二年一月六日任吉林提学司，民国三年六月九日任吉长道道台，民国五年四月十七日任吉林省巡按使，后改称省长，至民国八年（1919年）十月二十三日被免职。黄兆枚因与郭有同乡之谊才来吉林，并成为郭的幕僚。但其幕僚生活并不长，约在郭任省长的三四年间。随着郭的免职，他也就告别了吉林。黄兆枚是位正直而有才华的诗人，他的《鸡林杂咏》为我们了解昔日吉林提供了一些珍贵的史料。

《鸡林杂咏》存诗六十首，无序言，无跋文，写作时间较难确定。据"下令裁兵反募兵"一诗自注中"时奉督张作霖兼东三省巡阅使"推断（张任是职系一九一八年九月七日，由北京政府下令），则写作时间当在一九一八年以后。又据"曾向天津冶铸来"一诗自注中"去年秋间，当事借口军需，希图中饱，又滥发纸币……今闻将开铜元局以补救之"推断，（一九一八年二月底至一九一九年一月底，永衡官银钱号共增发官帖28301万吊，其中孟恩远督军军费11400万吊；《吉林货币金融史料》第51页载："一九二一年度支司又在吉林军械厂鼓铸铜元投放市场"。）则写作时间当在一九一八年后一年，一九二一年前一年，即一九一九年到一九二〇年。

《鸡林杂咏》为七言绝句六十首，并诗人自注共八千余字，所涉及的内容约可分为九类，即疆域、外交、内政、物产、器物、风俗、古迹、人物和自述等。

疆域一首。以质朴的语言，恰当地描述了吉林在中国大地上所处的方位、特点及自然景观："柳条边里是鸡林，绝塞河山自古今。盖马南来窝集远，松花东注牡丹深。"饱含着诗人对塞北吉林壮丽山水的赞誉之情。

外交十首。诗人以直白的文字披露了在清咸丰年间，沙俄如何"以巨炮易地"强占了"北至乌苏里江口而南，由松阿察河、兴凯湖、白棱河、瑚布图河直到图们江口，其东皆属俄"约三千里的大片领土。光绪年间，沙俄偷移界碑，并在伯力江岸铸侵略者哈巴罗夫之铜像，"一手持地图一束，一手指江流"，以彰其扩张功绩，对中国领土垂涎三尺，虎视眈眈。"立柱分疆绝漠东，伏波前事已成空。河山又缩三千里，尽在铜人指画中。"前人浴血捍卫之疆土，如今尽沦于虎狼之口。面对俄虏铜像，诗人感慨万千。

日俄战后，日本取代了沙俄在东三省的侵略地位："谬把图们作土门，光和双峪已潜吞。天然一水朝鲜界，竟入江流北岸村。"不择手段地进行讹诈。并以绘中韩地图为名，企图把"图们江以北，海兰河以南之和龙峪、光霁峪指为间岛，拓入朝鲜界内"；"强持私约是乘虚，我有千言辩论书。当日不严天宝禁，图们江北定何如。"又以"私约"为名，企图达到霸占延吉天宝山银矿的罪恶目的；"双槽日日挡溪流，铁板条帘沙溜头。闻道韩家擅金窟，惹人轻觊夹皮沟。"又以"著满洲地图"为名，企图定夹皮沟为"亚洲之独立国",侵略野心昭然若揭。至一九三一年,东北大好河山终于沦为日本的殖民地。政府腐败,国力衰微,中国近代外交也形同虚置。虽曾有数名干练的外交人才,但在列强的枪炮面前也无所施展。在这十首小诗中,诗人的良苦用心不难理解,欲要抵御外侮,必先强国强兵,没有实力作后盾的外交手段是无用的。

内政四首。近代中国,在外交上一败涂地,在内政上更是顾此失彼,焦头烂额。"行营翼长老淮军,整队西来扑塞氛。卅九县终疏阔甚,劫人胡匪总纷纷。"记叙了"东三省山多地旷,吏玩兵单,胡匪如毛,所在劫掠,绑票逼财,虏夺官吏,且及外人"的状况。即使以甘肃提督张勋为行营翼长,率所部淮军前来捕剿,也无济于事。据查:仅在吉林、长春地区的四五个县和黑龙江部分地区,就曾统计出有名有姓有"报号"的"绺子"三百多股。乱世英雄起四方,有枪就是草头王。时局如此,可见内政混乱之一斑。然而还远不止此,东三省币制的混乱也是空前的:"有现银,有帖银,有过炉银,有大小银元,有铜元,有制钱,有中钱,有东钱,有过码钱,有屯贴,凡十余类。"币制的混乱,直接受害者是广大人民。胡匪如毛,币制混乱,百姓的生路何在?在这四首小诗中,诗人对人民疾苦的同情溢于言表。

物产二十一首。记叙了吉林极为丰富的自然资源。诸如粟、豆、鱼、菜、果等应有尽有。"一道瑶光成一参"的山参,"注血真如玛瑙红"的鹿茸,"却寒回暖雪前知"的乌拉草等吉林三宝,早已名闻天下。此外还有"展起车轮雕翅庞"的皂雕、虎斑雕、接白雕、芝麻雕等,以及各种珍禽异兽,大都产于吉林。读其诗如阅其物,令人眼界大开。更难得的是诗人于吟咏的同时,看到由于内政不修所致滥采滥捕,而预见到这些宝贵的自然资源必将因人为的破坏而渐趋匮乏。诗人在"入山容易出山难"一诗自注中指出:"吉林林木茂密。所在皆是……,顾既旦旦伐之,又不知爱惜,虽数围之木亦断之而为薪,其他铺道路,代墙壁弗论也。吾恐数十年后,将遍地童山矣。"这确是有识之论。由于大量林木被毁,珍禽异兽已频于绝迹,各种山珍特产亦不复多见。那个古木参天、獐狍遍地的神奇景观已成历史,自然界对人类的报复已见端睨。

器物五首。具有民族特色的各种器物也不同程度地反映了昔日当地人民的生活风貌。住的有"磋落子"(桦树皮造的房子),用的有"额林"(陈物台架),"施函"(盛水、酿酒用的"独木筒"),"赛斐"(吃饭用的木匙),"霞绷"(照明用的"糠灯")。交通工具,水中行有"威呼"和"拨子"（独木舟与桦皮舟）。冰雪上行有"法喇"（俗称爬犁）。昔日吉林的"狗爬犁"也是很有名气的。陆上运送货物则是"犬载驴驮马拽车"。今天，诗人所咏记的许多器物已不多见了。

风俗十五首。如果说咏器物诗展示了吉林人民的物质生活，那么咏风俗诗则展现了他们精神生活的某些方面。诸如新正的"走百病"，二月"打油千"，三月三"玄天岭庙会"，四月二十八"东关娘娘庙会"，七八岁的小孩还要"跳墙"。四月二十八"北山药王庙会"，人们挤着去洗眼池洗眼睛。五月五端阳节，人们又争去龙潭山踏青揽胜……此外，有关婚丧嫁娶、生儿育女、迎神拜祭、戏耍娱乐等，都有各种传统习俗在规范、影响着人们的行为和观念。诗中对此介绍颇详。

古迹二首。一记晋出帝既迁黄龙府献给契丹的金碗鱼盆和乾隆年间筑伯都讷城掘得宋徽宗用紫檀匣盛瘗的鹰轴。一记宁古塔地有火茸城，土人相传为金祖故都，且偶尔也有些遗物被发现。

人物一首。记述了两位女真诗人。一是乌林答爽，字肃孺，三十岁死于水。一是术虎邃士元，字温伯，年未四十死于乱兵。诗人对二人壮年早逝极感惋惜："今欲求此才于是邦，盖不可得矣！"并在诗中赞道："砚花星斗碎秋河，云星楼台绕艳歌。都算女真才子笔，至今无处访吟窠。"诗记中录二人诗作各一首，以寄哀思。

自述一首。"依人权作小勾留，闲看官轺引皂驺。休说太和宫殿事，题诗无复瞰江楼。"字里行间流露着怅惘。大概是由于郭宗熙的免职吧。

考近代吉林诗文，除本地才子著述外，他乡旅吉之迁客骚人，于吉咏吉亦多有佳作。惜年代更迭，岁月流逝，常有湮没之憾，诚为可惜。若论吉林文萃，不能不为这些外埠才子留一席之地。他们对吉林文化的发展起了重要的推动作用，为吉林文坛增添了诸多的光彩。我们应记住他们，使他们与他们的心血结晶得以流芳后世。

本集原编为竖排铅印（1920 年）本，今经李宏光先生整理重刊。蒙夏润生、李国芳、李澍田诸位先生审正，谨致谢忱！

编　者　1991 年 11 月

疆　域　(一首)

柳条边里是鸡林[1]，绝塞河山自古今。

盖马南来窝集远，松花东注牡丹深。

吉林有四边门，曰巴彦鄂佛罗边门，曰伊通河边门，曰赫尔苏边门，曰布尔图库边门，皆在西北界。距省城或百余里，或五六百里。前时四边门皆统于吉林将军。自吉林北界，西抵奉天开原县威远堡七百里间，插柳结绳遮逻以定内外，谓之柳条边，亦曰新边。长白山在吉林省城东南六百余里，魏曰盖马大山。松花江发源于此，西北流经吉长道境之东北，又折而东，经滨江、依兰两道北界，盖为吉林最巨之水。牡丹江发源于敦化县西南老岭，西北流经延吉道境，北流入依兰道西界，会松花江。凡树林茂密处曰窝集。

[1] 鸡林：清高宗弘历《吉林览古杂咏》："购书只有鸡林使，真鉴偏教幸白翁。"注：鸡林，喻指吉林，盖语音之讹。

外　交 （十首）

立柱分疆绝漠东，伏波前事已成空[1]。

河山又缩三千里，尽在铜人指画中。

吉林东北与俄接壤。自清咸丰十年，俄乘英法内犯，请以巨炮易地。乃议北自乌苏里江口而南，由松阿察河、兴凯湖、白棱河、瑚布图河直至图们江口，其东皆属俄，其西皆属中国。较前又实让地二千七百里。光绪十二年，吴大澂勘界分段立十一碑，并于立土字界碑之地竖一铜柱，镌铭其上曰："疆域有志国有维，此柱可立不可移。"及光绪末年复勘，碑无一存，铜柱亦早被俄人移去矣。大概我黑龙、混同、乌苏里三江以北、以东之地丧失于喀巴罗夫、巴拉福诺二人之手为多。今俄人铸喀巴罗夫之像于其伯力江岸，一手持地图一束，一手指江流，所以铭攘我江左之功也。

[1] 伏波：马援（前14—49），东汉扶风茂陵人。字文渊。汉光武帝刘秀建武十七年（41）任伏波将军，南征，立铜柱以表功。尝谓宾客曰："男儿要当死于边野，以马革裹尸还。"卒于军。

谬把图们作土门，光和双峪已潜吞。

天然一水朝鲜界，竟入江流北岸村。

自日俄战后，日人所绘中韩地图，均以图们江以北、海兰河以南之和龙峪、光霁峪指为间岛，拓入朝鲜界内。考和龙峪俗称大磊子，光霁峪俗称钟城崴子，并无间岛之名。图们江本为吉韩天然界限，乃日人指距和龙峪三百里之土门河为吉韩界。图们、土门音近，故彼因之创立名目，以图侵占也。

门户东南不易支，国防深隐有人窥。

至今石乙苍茫水，未访金汤十字碑[1]。

延吉为吉林东南要隘，自有中俄划江之役，珲春失险，尤为重地，日人积谋窥伺。清宣统元年，界务条约第一款载，图们江为中韩国界，其江源地方，以定界碑起至石乙水为界线。两国间乃延宕至今，未经会勘。吉林省长郭宗熙屡请于外部，置若罔闻。日人正利我之稽迟，益图潜逞，可惧也。康熙五十一年，打牲乌拉总管穆克敦曾审视鸭绿、图们两江水源，于分水岭山颠立石刻文，由此沿红丹水至三江口，以"华夏金汤固，河山带励长"十字匀置十碑，划明中韩之界。

[1]金汤：《后汉书·光武纪论》："金汤失险，车书共道。"注："金城汤池，不可攻矣，金以喻坚，汤取其热。"

黑顶通商联沪津，止筹开埠亦愁贫。

两条南满东清路，著得狂鼾近榻人[1]。

延吉形胜，足以控制东西，挈提南北。前疆吏拟请修吉延铁道，以杜外人窥伺之谋。修奉延铁道以合满洲南部之势，需款至巨，不克兴工。因谋通图们江航路，开黑顶子商埠，使海陆交通与内地上海、烟台、天津相联络，费虽较铁道为省，亦以支绌而止。而日之南满铁路直贯满洲西部，俄之东清铁路横断满洲东部，交通之利尽握于外人矣。

[1]著得句：宋岳珂《桯史·徐铉入聘》："上谕之曰：'不须多言，江南亦何罪，但天下一家，卧榻之侧，岂容他人鼾睡耶？'"

吉林西去是长春，北埠圈河近水滨。

乌蠢依兰宁古塔，好笼山海却因循。

清光绪三十二年，开长春、哈尔滨商埠。长春在崇德门至聚宝门一带，哈尔滨在四家子迤东圈儿河。三十四年，开吉林省商埠于巴尔虎大东门外一带。而珲春、依兰、宁古塔三处，在光绪三十一年《中日东三省善后条约》开放十六埠之内，迄今均未执行。珲春，《金史》作乌蠢，亦作乌春。

六道沟头新换名，有人能与拔桩争。

此邦不著会宁驿，隔县闻开神武城。

日人自清津至会宁铁路告成后，亟思将此路展至延吉境内之六道沟。先于图们江沿起至六道沟止九十里之间钉立木桩，将我国固有地名尽行更改，书曰：会宁驿，间岛某某社，是暗将我土地拓入韩界。日人称站曰驿，书曰会宁驿，盖修筑铁道之计划也。经吴禄贞拔去其标识，详记华名里数以为抵制之策，其谋遂寝。此清光绪三十四年事。近数年，闻日人在奉天安图县新民屯一带埋置测标，东拓会社且拟移韩民在屯北开垦，而改新民屯为神武城。

封禁围场早开放，万人争垦过江来。

受廛似脱朝鲜籍[1]，试把官条与断裁。

延吉南陆土脉膏腴，清初封禁渐成榛莽。光绪初元，除禁招垦为实边计，韩人争来图们江北垦田，增至六七万户。宣统初，与日人定约，凡汪清河西，老爷岭东，概作杂居区。其原有土地权者，既受中国管辖裁判，与华民一致。不意乙卯年日人强废此约，力争不许，且于已属我之垦民，事事荷绳，径行逮捕，杂居区域垦民至五十余万。夫受廛我土，彼以其政刑治之，此外各地韩侨相率效尤，则政事、人民、土地将皆非我有矣。

[1] 受廛：受地为民。廛，一夫所居的屋舍。《孟子·滕文公上》："愿受一廛而为氓。"

强持私约是乘虚，我有千言辩论书。

当日不严天宝禁，图们江北定何如。

延吉县天宝山产银甚旺。清光绪十七年，有程光第集股开采。嗣因矿洞水深，历年亏损，乃私约日人中野合办。三十三年，经陈昭常、吴禄贞与日人反复辩驳封禁。宣统二年，陈抚吉林，复议收回自办。磋商经年，日人支唔要挟，卒未解决。闻此案悬搁至今。如稍放松一步，日人得占有此矿之权，则图们江以北各矿必将渐次侵渔矣。

双槽日日挡溪流，铁板条帘沙溜头。

闻道韩家擅金窟，惹人轻觊夹皮沟。

桦甸县夹皮沟金矿，清同光间，山东人韩效忠招集燕齐流民，之所开辟，约束编练，同井晏然。其孙登举继之，产金甚旺。日人既造间岛名目，且妄视此，欲以混入朝鲜界内。故其新著满洲地图，指此为亚洲之独立国，世界之秘密藏也。今亦沙残沟老，迥不如前矣。

采金有大溜小溜之分，大溜十余人为一班，就溪筑坝，别开水渠引之下注。用直木槽，内铺细毡，覆以铁眼溜板四，直槽下又加横槽，亦盖溜板。取沙之法，或由矿丁，或以车马运土上溜，溜头加锁，借水力冲刷，沙去金留。小溜用两节小木槽，内铺细毡，以柳条作帘，覆诸其上。抬沙置槽，人力上溜。又有摇簸子取沙者，则与吾湘平江一带淘金相似也。

伊犁冈畔石头殷，更有龙驹最古山。

地骨被人轻凿断，蹊田谁肯夺牛还[1]。

同江县伊勒嘎山，即伊犁冈。距县三百余里，山多青石，质坚可用。前时边吏私给与俄人执照，许其开采。及查明禁阻，彼以领有执照为辞，后仅严定条规为之限制。长春县白龙驹山产石，在张家屯迤西，距铁道十余里，本张姓业。修东清铁道时，俄人曾价买石块以为填筑之用。及日俄构衅，俄人既败，于是南满铁路归日人管理。日人乃指此山为俄人已购之产，当附属于铁路。迭经交涉，然后验明定案。世界最古之山二，一在英国爱尔兰地方，一即白龙驹山。此今专门家言也。

[1] 蹊田句:《左传·宣十一年》:"牵牛以蹊人之田,而夺之牛。牵牛以蹊者信有罪矣;而夺之牛,罚已重矣。"

内 政 （四首）

行营翼长老淮军,整队西来扑塞氛。

卅九县终疏阔甚,劫人胡匪总纷纷。

东三省山多地旷,吏玩兵单,胡匪如毛。所在劫掠、绑票、逼财,掳夺官吏,且及外人。清光绪之季,以甘肃提督张勋为行营翼长,率所部北洋后路淮军捕剿,在吉林擒斩贼酋,焚烧匪寨,为功颇巨。顾国家根本不清,人心骎坏,而边地辽远,奸徒勾煽出没,莫可穷殚。近虽增设县治,究嫌疏略,故至今为患未已也。

下令裁兵反募兵,苍头黄首黑鸦名[1]。

东人狂议张巡阅,为有军威不老伧。

南北言和,方议裁兵缩饷,与民休息,吉省反将增募,经政府阻止。而日人亟称吉督能驭士卒,未尝龃龉外人，于奉督则訾贬之。盖奉督振张军武，扼守边隘，颇为日人所忌，故流言以倾毁之也。时奉督张作霖兼东三省巡阅使。

[1] 苍头：指用青巾裹头的士兵。黄首黑鸦，泛指士兵中的老头和小孩。

曾向天津冶铸来，过炉银屑已如灰。

而今市上行官帖，再把当年宝吉开。

东三省钱币淆杂，前时有现银，有帖银，有过炉银，有大小银元，有铜元，有制钱，有中钱，有东钱，有过码钱，有屯帖，凡十余类。后遭兵燹，吉林之宝吉局亦停铸，市面周转惟各省输入之小银元，其余过炉、过码之类，展转寄划，并无母金。屯帖又极贱滥。清光绪之季，吉林设永衡官帖局，寻请得部款，在天津造币厂代铸东省大小银元各若干万为准备金，而改官帖局为官银号。于是币制始有起色。去年秋间，当事借口军需，希图中饱，又滥发纸币。纸币与现银元相差日远，官民交困。今闻将开铜元局以补救之，然国无协饷，人阻外债，军旅不裁，官用不节。虽有巧妇，恐难为无米之炊矣。

实边储饷事兼论，无主官荒有讼根。

一地偶然双管领，请君平断两家墩[1]。

吉林荒地以晌论，每直十八弓，横十六弓为一晌[2]，四十五晌为一方里。领晌之价，视地远近以为重轻。然垦荒之人往往与操林业者先后同领一地，彼此据依官照，交争互讼，窃谓急宜裁定。凡领晌在前者，得有其地上之林，领林地者不得阻其斫伐。盖领林连山接野，为地甚宽，不如领地之有晌数。即偶弃所指领之地，未为过损。

[1]墩（dūn）：土堆。

[2]晌：东北清代以一日所耕之地为"晌"，约为六亩，与今"垧"不同。

物　产（二十一首）

入山容易出山难，山路堆冰滑又干。

貂鼠窜离无穴处，他年还有不裘寒。

吉林林木茂密，所在皆是。前时任人斫伐，山路峻深，运移维艰，则俟冬寒雪结，从雪上乘势而出。今商人辄合资为公司，请于官立案，指划林地。斧锯运贩，诚大利也；顾既旦旦伐之，又不知爱惜，虽数围之木，亦断而为薪。其他铺道路、代墙壁弗论也。吾恐数十年后将遍地童山矣。貂狐灰鼠等物皆窟穴丛林中，食松榛诸子。今其皮渐少，益贵，未始非伐木太多所致。

十万湖桑江岸南，别分茧种试山蚕。

无人解织粗绯布[1]，止怪栽棉冻不堪。

吉人不知饲养家蚕，而固有之山蚕亦不知爱护。清光绪之际，始设局董理，劝导、招募蚕工，并购茧种分途试放。今省城松花江南岸，有湖桑十万株，盖采自浙江者也。然官不以为急，无复厉行，树亦雕零憔悴，不过留有养蚕之名目而已。又其地气候太寒，不宜种棉，尤为缺陷。

［1］绷（bīng）：用异色棉线相间而织之布。

浅浅红根细细椎，却寒回暖雪前知。

无衣又向花心取，织尽重楼金线丝。

红根草亦名乌拉草，生近水处，细若线，三棱，微有刺，生淀子中。拔之，颇触手，以木椎之，则软于绵矣。絮皮鞋内，虽行冰雪中，足不知寒。关内人之寓吉林者多买之铺床褥底以取暖燠。故谚云：吉林三样宝，人参、貂皮、乌拉草。长白山有花名重楼金线，亦名紫河车。花心抽丝如金，长至四五尺。每尺寸缚结如楼形。人取纺绩为布。

白黍黄粱秫麦兼，抟糕酿酒造糖甜。

伊通更有如银米，不似炊糜不似穄［1］。

吉林黍麦、高粱皆产。稻秫种初来自奉天。近则种者甚多，惟出伊通河一带为佳。糜，黍之不黏者；穄，稻不黏者。

[1] 秜（lián）：即籼（xiān）稻，早熟无黏性，米粒细长。

菽荅青黄倾野储，盖茅围席待流输。

张骞更得胡麻种[1]，马援还收薏苡珠[2]。

《博雅》："大豆，菽也。小豆，荅也。吉林产豆最多，大、小豆之外，又有绿豆、豌豆、蚕豆、豇豆、云豆，近有羊角豆、七鼓豆诸名。每于郊野架木盖草，四周围以芦苇席作圆形，分类贮之。多者至数十围、百围不等。又产脂麻，《本草纲目》云：古者，中国止有大麻，其实为蕡[3]。张骞得油麻种，来胡，名胡麻以别之。又产薏苡，伊通尤佳，俗名草珠子米。

[1] 张骞（？—前114）：西汉汉中成固（今陕西城固东）人。建元二年以郎应募出使月氏，经匈奴，被拘留十多年，后逃回；元鼎二年又以中郎将出使乌孙。对促进中外经济文化交流颇多贡献。官至大行，封博望侯。

[2] 马援句：东汉马援从交趾载一车薏苡归，将用为种子，死后有人上书朝廷诬他载回一车明珠文犀，本句旨在说明吉林产薏苡。

［3］蕡（fén）：大麻的子实。

葱茎蒜瓣亦频频，刬草还须护蓼辛。

三月探春春未醒，青芽先付挈篮人。

　　吉林地寒，及秋即无生菜。近以铁道交通，可从他处运至，而价极昂贵。故居民辄取蓼花子湿之，覆以锉草，置炕侧煨蒸，生芽如线，色微红，其味辛辣，曰蓼辛菜。又有小蒜，名小根菜。开冻时，百草未萌，小根菜先见青芽，味辛而香。

紫皮萝卜小黄头，细叶羊蹄醋醋流。

甘似醴饴酸似醶[1]，更谁来割老枪球。

　　吉林萝卜，圆而皮红者为大萝卜，长而色白者为水萝卜。又一种色黄，曰胡萝卜。依兰县所产皮瓤俱紫，味逾冰梨。蘸芜，俗名酸浆菜。《尔雅义疏·释草》云：茎叶俱似羊蹄而小，叶青黄色，生啖极脆，味酸欲流。儿童谓之醋醋流。老枪菜，抽苔如莴苣，高二尺余。叶出层层，删之其末层，叶叶相抱如球，取次而舒。已舒之叶老不堪食。割球烹之，略如菘而味逊。

［1］醶（liǎn）：醋味。

空山蕈菌雨蒸薰，鸡骹猴头子细分。

未必榆榛无胜处，倒枯松上是蘑君。

吉林为产蘑菇之薮。生于榆者为榆蘑，生于榛者为榛蘑。而榆蘑生树窟中者味尤美，即古之所谓树鸡也。蘑菇有冻青、羊肚、蒿子、猴头、鸡腿、银盘、粉子诸名。猴头最大，鸡腿最鲜。其生于倒枯松上，圆径一二尺而色白者为松花蘑，最不易得。

房有陂莲塔有松［1］，榛苞梨壳果灯笼。

南风遍地桃花水，又抵嫛门一夜红［2］。

吉林松子最多，窝集中尤盛。松子之蒂曰松塔。榛子树，低小如荆草之似木乾。开花如栎。其实作苞，三五相粘，一苞一实，生青熟褐。壳厚而坚，仁白而圆，香美亚于松子。宁安有酸梨，皮黑，天寒冻结，其坚比石。浸之以水，寒气内融，冰屑外结。以手振之，裂如脱壳，吮之甘冽无比。灯笼果，外垂绛囊，中含赤子如朱樱，味甘酸，一名红娘子。桃花水，草本，状若杨梅而无核、色红、味甘、质轻脆，入口成液，置器中，顷刻即化为水，故名，俗呼高丽果，五六月遍地皆是。普盘、蔓生。《尔雅》：前山莓，郭注：今之木莓也。北人呼为婺门，产吉林山中，实类杨梅，色红而鲜艳。采摘逾夜，即化为红水，吸饮尤香美。

[1]房有陂莲：有莲房（莲蓬）。陂，bēi，池。

[2]婺：（pán 音盘）。

炊谷须臾芦酒黄，烧锅千户煮高粱。

澄明本出夫余国，谁进香膏比会昌。

《魏书》言，勿吉嚼米酝酒，饮能至醉。《隋书》亦言，靺鞨嚼米为酒，饮之亦醉。盖即今之芦酒，俗名老酒。不善饮者煮热而浸以糖，亦能多饮。或曰老酒即鲁酒，老、鲁音近，以味薄故名。吉林为酒贩卖曰烧锅，酿用秋麦，味甚浓厚。国税此其大宗。《太平广记》言："唐会昌元年，夫余国贡澄明酒，色紫如膏，饮之令人骨香。"

经过严寒十月霜，凿冰排栅别开场。

水缸压得重阳菜，更买鱼豚雉鹿獐。

十一月，松江冰冻，沿江旅店因岸为屋，凿冰立栅，以集行人。市售獐、狍、鹿、豕、雉、鱼之属，居人购作度岁之馐。九月九日则蓄白菜，以沸水置缸中，用石压之，日久味酸，质脆，爽若哀梨，为御冬之用。

打网松江千里清，大鳇分割小鳡烹。

一餐一尾湄沱鲫，何用海鱼鱼背行。

松花江下流出鳇鱼，巨口细睛，鼻端有须，口近颌下。与鲟鱼虽鳞色不同，而形体相类，故统呼鲟鳇。大者丈计，重可三百斤，极为肥美。其上流则多白鱼，细鳞、白色、头尾俱昂，大者或长五六尺，名鳡。说文："鳡，白鱼也。"亦为佳品。宁安县西南九十里有镜泊湖，亦称毕尔腾湖，鲫最佳。《唐书》称湄沱湖之鲫即此。延吉、依兰两道诸江河有鱼，于八月自海逆水来，充积甚厚，腹中子大如玉蜀黍。土人竟有履鱼背渡者，名达发哈鱼。

剥蟹何如生剥虾，海边虾好蟹黄差。

蟆油别是溪岩族，莫误池塘青草蛙。

　　珲春海中蟹大者，圆径可二尺许，有虎皮、金钱诸名，虽肥腴而气腥。予在吉林省，尝于五月食蟹黄，盖常常而有，不比内地九团十尖之有定候。肥而不腥，但味不鲜美，殆别是一种。海虾，大者长数寸，生海边者名红毛子，作酱尤佳。有物如虾蟆，取而干之，以其腹中之油和饧饴煮，滑如剥皮大葡萄，入口融液，味亦佳美。《盛京通志》载：似虾蟆而腹大，俗呼哈什蟆，其油可食，即此。关内人多以为即虾蟆，非也。又有刺姑，鱼身如虾，两螯如蟹，无甲，长一二寸，亦名哈什马拉姑。

喙钻泥底口吹沙，沙际柳条摇浪花。

闻说倒鳞龙种子，无人燃火凿冰叉。

　　吉林有船矴鱼，长二三寸，大头阔口，黄色有斑，见人则以喙插泥中。重唇鱼，似鲫而狭，淡黄色，常张口吹沙。倒鳞鱼，出吉林城东北十二里龙潭山，鳞皆倒生。相传以为龙种，人不敢取。宁安鱼多，冬时河冰冻合，厚四五尺、夜间凿一隙，以火照之，鱼辄聚，以铁叉叉之，必得大鱼。

注血真如玛瑙红，中充犹胜紫茄茸。

试将鹿解衡麇解，便得阴阳理在胸。

吉林出鹿茸，所谓关东茸也。《本草纲目》云：鹿茸以如紫茄者为上，然此太嫩，血气未充，其实少力。坚者又太老。惟长数寸，破之肌如朽木，茸端如玛瑙红玉者最善。《野客丛书》云：麇茸补阳，利于男子，鹿茸补阴，利于妇人。《月令》：仲夏日鹿角解，仲冬麇角解。鹿以夏至陨角而应阴，麇以冬至陨角而应阳，故知二者阴阳之性不同。鹿肉暖，以阳为体，麇肉寒，以阴为体。以阳为体者以阴为末，以阴为体者以阳为末。末者角也，其本末之功用不同也。

一道瑶光成一参，有人长劚椵林阴[1]。

搜岩大半饥寒死，山鹿不来何处寻。

吉林产人参，春中生苗，多在深山背阴，椵、漆树下润湿处。初生小者，三四寸许，一丫五叶。四五年后两丫五叶。至十年后，生三丫，年深者生四丫，各五叶。中心生一茎，俗名百尺杵。三四月间，开花细小如粟，蕊如丝，紫白色。秋后结子，或七八枚，如大豆，生青熟红自落。凡初夏采得者曰芽参，花时得者曰杂子参，霜后得者曰黄草参。秋冬坚实，春夏虚软。其精液竭者谓之哑叭参。劚参以木，忌见铁。采参之人往往死于饥寒、野兽。又有移种而成者，则有海货、蹲树、秧移诸名。夫曰人参，以其形如人也。故《玄览》：人参千岁为小儿。今所采者不过十年二十年物，备药而已。况市肆所贩卖，移种为多，盖尤不足贵异。山鹿，用梁阮孝绪寻参事。

[1] 劚（zhú）：掘取。

万松深处黑岩边，中有紫貂堪卖钱[1]。

对窟周围挂置网，四山寒雪一窠烟。

依兰、宁安各处山林中多产貂鼠，一名松鼠[2]，喜食松子。其窟或土穴或树孔。人于雪天寻其迹而捕之。设网穴口而以草烧烟熏之，貂畏烟奔出，即投网中。又有纵犬守穴口，伺其出而啮之者。貂，紫黑色，毛平而理密者为上，紫黑而理密者次之。紫黑而疏与毛平而黄者又次之。白斯为下。

[1]紫貂:亦称"黑貂"、"林貂"。哺乳纲、鼬科。栖息针叶林中，分布于我国东北，以及苏联西伯利亚和蒙古。毛皮极珍贵，为"关东三宝"之一。

[2]松鼠:亦称"灰鼠"，林栖，嗜食松子和胡桃等果实，为山林害兽。原注混称似误，或为彼时俗称，今日视之不确。

卧解醒醲当却尘，斑毛闻警竖森森。

成裘此地多狐貉，独似神羊一片心。

吉林皮之可为裘褥者，如狐，貉、狖猁孙、银鼠、灰鼠之类皆有。夫余之貂，皮毛柔软，亦称名裘。貉皮纹上圆下方，寝处其上，立能解醒。有警、毛辄竖。与句骊所产之却尘兽，剥其皮，合毛为褥，尘埃无犯者，皆有异性。《盛京通志》载：海驴皮制卧褥，善人御之，竟夕安寝，不善人枕藉，魂乃数惊，与此亦类。可贵之物也。又有獾皮，以为褥可治痔。

天鹅贪取蚌中星，一鹘翻空例折翎。

却怪低飞群燕子，又能齐促海东青。

鹄，俗名天鹅，能食蚌珠藏其嗉。鹘亦鹰类，其健者号海东青，出宁安一带，盖自海东飞来者，故名。人每以之击得天鹅而取其嗉中之珠。《辍耕录》载：演雅言，海东青，羽中虎也，燕能制之，群集缘扑即坠。

展起车轮雕翅庞，火眸横过统门江。

山鹰打得芦花好，曾数开元献一双。

宁安诸山多雕，状如鹰，而大倍之，翅若车轮，爪同锋刃，双眸喷火，长喙反钩，鸷鸟之雄也。雕品上等曰皂雕，有花纹曰虎斑雕，黑白相间曰接白雕，小而花者曰芝麻雕。其最大者能捕獐鹿。鹰亦惟宁安一带最多。每年十月后即打鹰，系绳张网，伏草以伺。鹰以纯白为上，白而杂他毛者次之。有芦花鹰，极贵重。唐开元时，曾贡白鹰一双，京师苏颋有赞辞。见《唐文粹》。图们江，亦曰统门江。

东珠不敌海南珠，赤玉青精今有无。

惟问松花一方石，白头来拭可能乌。

东珠出混同江及乌拉诸江河中，生于蚌蛤。大可半寸，小亦如菽。惟其光莹不如南海之珍珠。宁安出青玉、赤玉，今不多见。松花玉，亦曰松花石，出混同江边砥石山，绿净细腻，色嫩而质坚，可充砚材。清高宗曾录入《西清砚谱》。汉武帝时，郅支国贡马肝石，以之拭发，白者皆黑，亦可作砚。

器 物 （五首）

引烟斜出树空心，庋阁横陈矮屋阴[1]。

贮水木筒抄饭匕，干麻灯火夜青深。

截木中空，引炕烟出之，上覆荆筐以御雨雪，谓之呼兰。庋横板楣栋间，以贮奁匣，瓶罂诸器，兼几案、匮椟之用，谓之额林。斫木为筒，因其自然，虚中以受物，贮水、酿酒皆用之，谓之施函。用木匕长四寸许，曲柄丰末以食，谓之赛斐。以米糠和膏，粘麻秸晒干，长三尺余，燃之青光荧荧，烟结如云，谓之霞绷。盖皆满语。霞绷亦曰糠灯。

[1] 庋（guǐ）：置放器物的架子。

莎草根垂檐下齐，白泥墙壁胜黄泥。

流行更有桦皮屋，磋落长年数口栖。

宁安一带，破木为墙，覆以莎草，厚二尺许，草根当檐际若斩。又各村庄有白泥墙，墙厚几尺，极滑可观。桦川、富锦、同江诸县，皆赫哲部落，即古所谓靺鞨，多无庐舍，以木为架，覆以茅，或盖以桦皮，四周亦以木皮裹之，大如一间屋，而数口栖聚于中，谓之磋落。居无定处，迁则男妇四五人负之而去，殆即清高宗《吉林土风杂咏》中所谓周斐也。周斐，满语，今亦渐殊于昔矣。

桦皮拨子水中穿，又有威呼梭子船。

浅似艑艖长似艇，两头摇桨下平川。

剜木为小舟，刬木两头为桨，左右按仰而行，长可丈余，宽仅二三尺，形如梭子，名为威呼，盖满语也。又依兰有舟曰拨子，剥桦木皮缝作鸡卵形而平其底，长六尺余，止容二人。一人坐于中，一人前立摇楫，日可行数百里。

好把耙犁当传轺，泥行真比似箕檋。

关河风雪棚围暖，快马冰头路一条。

清高宗云：似车无轮，似榻无足，覆席如龛，引绳如御，利行冰雪中，谓之法喇，俗呼耙犁，以其底平似犁耳。法喇，满语，其制盖用两辕木作底，立插四柱，高三寸许，上穿二横木，或铺板，或搪木，坐人载物皆可。前辕上弯，穿以绳，套二马服驾，轻捷过于车。若驰驿，更换马匹可日行三四百里。并有于耙犁上设棚围者，谓之暖耙犁。

犬载驴驮马拽车，朝朝须似豚豭[1]。

何人取次呼驼鹿，止向山头啖石花。

吉林之犬较关内为高大，依兰东北一带常役犬以供负载，故《元史》有犬站以代马。驼鹿出宁安，头短，角扁而阔，色苍黄无斑，项下有肉囊如繁缨。大者至千余斤，即古所谓麈也。其蹄似牛非牛，头似马非马，身似驴非驴，角似鹿非鹿，故又曰四不像。不刍不豢，惟食石花。人养之，用则呼之使来，牧则纵之使去，性驯善走，德同良马。清高宗有御制堪达汉诗，即此物也。

[1]豚豭（tún jiā）：小猪曰豚，公猪曰豭。

风　俗　（十五首）

一家男女并头眠，冰雪临窗冻入毡。

夜夜妾身横傍主，暗香偷过枕棱边。

满人凡卧，头临炕边，脚抵窗。无论男女尊卑皆并头，如足向人，则为不敬。惟妾则横卧其主脚后，否则，贱如奴隶亦异之。天寒窗际冰霜晓且盈寸，近窗衾裯为寒气所逼，每不乾，故头必临炕边也。

双松齐剪吉祥花，结彩悬符一万家。

元夜又惊联打滚，冰灯人影乱平沙。

新正商户，辄插丈余松树二株于天地神祇前，上帖桃符、张灯彩，富家间亦为之。元宵有冰灯、花爆及其他杂剧。男女出游填街塞巷，或步平沙，谓之走百病。或联袂打滚，谓之脱晦气。

女儿春月打油千，天宝宫中戏半仙。

蹴罢拈针心暗算，龙头抬起又今年。

正、二月间，有女之家多架木打鞦韆，谓之打油千。二月二日，俗称龙抬头，妇女忌针黹，是日多食猪头，啖春饼。

庙会人肩杂马蹄，享神牲酒有装赍。

元天岭上高嵌石，说抵樊郎水向西。

吉林省城庙会甚多，三月三日，至城北玄天岭真武庙，为一岁庙会之始。岭颠有砖壁高丈余，中嵌白石象坎卦，以镇城中火灾。

击顶阇梨喝一声[1]，跳墙经过总长生。

绵袍绣幔金银斗，献与娘娘早制成。

四月十八日，东关娘娘庙会，妇女焚香供神，有袍、帐、金、银斗，替身人等物。小儿七八岁，每于此日留发。儿立凳上，僧以箸击儿顶喝令急行，不许回顾，曰跳墙。

[1]阇（shé）梨：高僧。泛指僧人。

白石洼名洗眼池，捣浆人去剩残脂。

豁山剪出葫芦样，分取神仙药一丝。

四月二十八日，北山药王庙会最盛。倾城士女游观，击摩杂沓。庙旁有石臼，盛水少许，游人取水擦眼，谓之洗眼池。是日，人争买纸葫芦，归而悬之，意谓盛贮仙药。满语谓纸为豁山。

缠丝帛子色斑斓，锦缎荷包堆髻间。

何处端阳时节好，樱桃新熟小鱼山。

五月五日，妇女以彩丝为帛，以五色缎制荷包、葫芦诸小物簪髻上。龙潭山樱桃熟，士女渡江登览，携酒畅饮，日暮方归。山亦名尼什哈，满语谓小鱼也。山之东北有河出小鱼，因以名山。

满地氍毹锦绣堆，抱瓶新妇跨鞍来。

明处筛板悬铃响，是下摇车第一回。

吉俗新妇降舆，以红毡铺地，直达寝室，婿前导，妇抱瓶，瓶置五谷、金银之属。又置鞍于门阈，跨而过。

生子满月，下摇车。其制以筛板圈做两头，每头两孔，以长皮条穿孔内，外用彩画，并悬响铃之类。内垫薄板，悬于梁上，离地三四尺，用带缚定。小儿哭则乳之，不已则摇之，口内念巴不力，盖满语也。生子摇车，是宁安一带风俗。

无旌无主一幡悬，上望齐来拜爨烟。

杀马杀人俱送死，此风闻在汉唐年。

八旗旧俗，丧不立木主，亦无铭旌，惟于院中立杆挂幡，每日叩奠三次。阅六日为迎七，姻旧咸集，夕设奠于烟筒下，合族哭拜，曰上望。《三国志》载：夫余杀人殉葬，多者百数。《旧唐书》载：靺鞨死者，穿地埋之，无棺殓之具，杀所乘马于尸前设祭。

家家磨面打糕成，跳舞铃声答鼓声。

鬼有雷霆神有髻，木人能警客狂轻。

满人以黍米煮熟捣作饼，曰打糕。又磨面作小饼，内馅以豆，外裹苏叶，曰苏子叶饽饽。皆荐享所用。以族人为察玛，戴神帽，系裙，摇铃持鼓跳舞，口诵吉词，众人击鼓相和，曰跳家神。依兰俗，截木长尺许，刻其祖宗之像置于磋落特角处，年久多著灵异，如过客误犯，则立患青盲，数日成瞽，虽祷无效。一年数祭，祭惟用一鹿而已。

无字神牌岁祭频，避灯猪肉飨朋亲。

当时一盏浇牲酒，要似牛蹄合处真。

满人内室必供奉神牌，无字。亦有用木龛者。春秋择日致祭，谓之跳神。祭用豕，及期未明，置豕神前，捧酒祝之毕，以酒浇豕耳，豕动则吉，否则复祝，以牲动为限。即于神前割牲，熟则按首尾肩肋肺心列于俎，各取少许置大铜碗，名阿玛尊肉。供之行礼，礼毕即神前尝所供肉，盖受胙意也。至晚复献牲如晨礼。撤灯而祭，名避灯肉。其祭神之肉不得出门。其骨与狗。狗所余，夜弃户外。亦有焚为灰而埋者。惟避灯肉，则以送亲友云。《三国志》《晋书》皆载："夫余有军事，祭天杀牛，观蹄以占吉凶，解者为凶，合者为吉。"

腰裙手鼓口喃喃，乌啄竿头斗肉甘。

拈线谢天新换锁，山音儿女亦娇憨。

满人跳神，率女子为之。头带如兜鍪，腰系裙，以铃系臀后，摇之作声，而手击鼓，口喃喃致颂祷之词。又置丈余细木于墙院南隅，置斗其上，以猪肠肺肚生置斗中，有乌鹊啄食之，谓之神享，此祭天也。祭之第三日，则换童男女脖上所带之旧锁，锁以线为之。满语"好"曰山音，"不好"曰曷黑。

鹿蹄獐腕戏为朋，较远分曹又蹴冰。

记挽榆弓刬蒿箭，儿时矜射脱鞲鹰[1]。

满俗以獐鹿蹄腕骨随手摊掷，视偃仰横侧以为胜负，谓之罗丹。又有较远之戏，趋冰上，以中为胜，谓之撒罕。儿童以榆柳为小弓，谓之斐兰，刬荆蒿缀雉羽为箭，谓之钮勘，盖皆满语。

[1] 鞲（gōu）：皮制袖套。

衫袖双回势卷舒，空齐两字比嵩呼[1]。

夫余国里歌如缕，傥是连声唱鹧鸪。

满人有大宴会，主家男女必更迭起舞，大率举一袖于额，反一袖于背，盘旋作势，曰莽势。中一人歌，众皆以空齐二字和之，谓之空齐。盖以此为寿也。《后汉书》言："夫余行人无昼夜，好歌吟，音声不绝。"《北盟会编》言："女真之歌有鹧鸪之曲，但高下长短，鹧鸪二声而已。"

[1]嵩呼：汉元封元年春，武帝登嵩山，吏卒听到，三次高呼"万岁"之声。此处指像高呼万岁。

酱瓣桦皮雉尾荆，男儿弧矢要生成。

何如礼佛烧安息，法雨弥天洗甲兵。

酱瓣桦者，谓桦皮斑文色殷紫，如酱中豆瓣也。弓以皮为弦，箭削桦为矢。《金史·舆服志》："刀室饰以酱瓣桦。楛，一名雉尾荆。"长白山山颠之阴及黑松林遍生楛木，取以为矢，质坚而直，不为燥湿所移，肃慎楛矢即此。长白山又生香树，一名安春香，俗呼安息香，高丈许，叶似柳叶而小，味香，可供祭祀。

古　迹（二首）

低头来献木鱼盆，绝塞黄龙雾雨昏。

一匣紫檀鹰不语，深深同葬帝王魂。

晋出帝既迁黄龙府，献金碗鱼盆于契丹。鱼盆木质，方圆二尺，中有木纹成二鱼状，鳞鬣毕具，贮水则双鱼隐然涌起，顷之遂成真鱼，覆水则仍木纹之鱼也。清乾隆中，筑伯都讷城，掘得宋徽宗所画鹰轴，用紫檀匣盛癉，千余年墨迹如新。又获古磁数十件，并得碑碣，录徽宗晚年日记，尚可得其崖略，云于天会十三年寄迹于此。伯都讷，今扶余市。

故宫犹剩碧琉璃，荒草残阳访断碑。

出水莲花空自好，古苔斑驳石牟尼。

宁安县，旧为宁古塔地，有火茸城，土人相传曰东京。盖金祖故都也。城门石路车辙宛然。宫殿阶墀、衢陌依稀可辨。榛莽中时有丹碧琉璃错出，间存汉字款识。土人取以为玩。又曾掘地得断碑，有"下瞰台城儒生盛于东观"十字皆汉文，字画庄楷，盖国学碑也。城南有古寺，镂石为佛，高丈有六尺，风雨侵蚀，苔藓斑然。其西南十余里有长溪。夏秋之交，芙蕖若云锦，敷数十里。土人荡小舟采莲，浮游如画。

人　物（一首）

砚花星斗碎秋河，云里楼台绕艳歌。

都算女真才子笔，至今无处访吟窠。

乌林答爽，字肃孺。术虎邃士元，字温伯。皆女真人能诗者。肃孺赋邺砚诗云："上有丹锡花，秋河碎星斗。磨研清且厉，玉瑟鸣风牖。"温伯寄友诗云："西湖风景昔同游，醉上兰舟泛碧流。杨柳风生潮水阔，芙蕖烟尽野塘幽。花边落日明金勒，云里清歌绕画楼。今夜相思满城月，梁台楚水两悠悠。"温伯年未四十死于乱兵。肃孺未三十死于水。今欲求此才于是邦，盖不易得矣。

自 述（一首）

依人权作小句留^[1]，闲看官轺引皂骃^[2]。

休说太和宫殿事，题诗无复瞰江楼。

吉林将军府在上仪街，前临松花江，即今省署也。土人相传清圣祖东巡建为行宫，后赐为将军府。乾隆间火灾，为之重建。光绪十六年，又毁于火，将军长顺修复之。有大堂五楹，后一室曰太和宫，为供奉神御之所，避不敢居。其他厅堂房室备具。偏东有瞰江楼，颇擅登眺之胜。壁上题诗殆遍，今一切非其旧矣。

[1] 依人：犹言依傍他人。

[2] 官轺（yáo）：旧时高级官吏乘坐的马车。